游戏甜心派

SWEETHEART

GAME PIE

草莓多 著

天津出版传媒集团

天津人民出版社

图书在版编目（CIP）数据

游戏甜心派 / 草莓多著. -- 天津 ：天津人民出版
社，2017.11（2020.3重印）
ISBN 978-7-201-12316-5-01

Ⅰ．①游… Ⅱ．①草… Ⅲ．①长篇小说－中国－当代
Ⅳ．①I247.5

中国版本图书馆CIP数据核字(2017)第215664号

游戏甜心派
YOUXI TIANXIN PAI
草莓多 著

出　　版　天津人民出版社
出 版 人　刘　庆
地　　址　天津市和平区西康路35号康岳大厦
邮政编码　300051
邮购电话　（022）23332469
网　　址　http：//www.tjrmcbs.com
电子信箱　reader@tjrmcbs.com

责任编辑　玮丽斯
策划编辑　张　倩
装帧设计　胡万莲

制版印刷　三河市华东印刷有限公司印刷
经　　销　新华书店
开　　本　880毫米×1230毫米　1/32
印　　张　8
字　　数　154千字
版权次印　2017年11月第1版　2020年3月第2次印刷
定　　价　39.80元

目录
C O N T E N T S

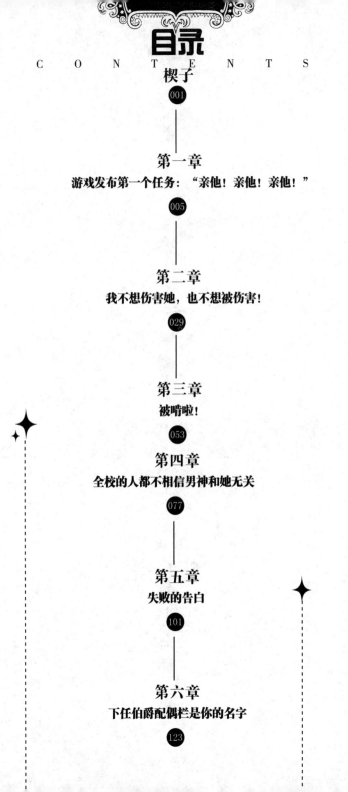

目录
C O N T E N T S

楔子

游戏甜心派

深夜沉沉，整个城市都好像进入了梦乡，只有我一个人还在精神奕奕地面对着笔记本陷入疯狂的征战。

"杀死他，笨蛋啊！"我一边手忙脚乱地按着键盘，一边大声吼道，真是不怕神一样的对手，就怕猪一样的队友！看着我们队的武力值和血值不断减少，我又开始了新一轮暴躁的发泄。

"淡定，雅雅，淡定，我们尽力了！"猪一样的队友在屏幕里幽幽吐出一句。

"GAME OVER！"巨大的英文字出现在变成灰暗的游戏界面上，我愤怒地扯下耳机砸向桌子，我安诗雅玩游戏什么时候输过！我重新戴上耳机发出命令："都给我死回来，今晚不通关谁也别想睡觉！"

屏幕那边发来无数的感叹号以及无数的哀号。

"如果不想参与的立刻退出，但是我心情不好的时候可不保证会不会忍不住见一次杀一次。"我轻轻吐出这句话。

"雅雅老大，我们不通关誓不罢休！"这招就是有用，那群人纷纷打起精神陪我一起继续打游戏。

我感觉自己对游戏的狂热遗传自我老爸，他可是几十年前游戏界的王者，作为他的女儿，我当然不能丢脸！所以，我自从记事起就开始玩游戏，会打电脑开始就混迹在各个网游圈子，并且我每个游戏都必须打到通关，曾经试过一招KO一人，获得了"游戏女王"的称号，并成为全球最大的荣誉网络公司的高级VIP客户！

就在我自鸣得意时，手机突然震动了起来，我拿起手机一看，是荣誉网络公司的客服小美发给我来的微信。

"很抱歉打扰您了，我们公司新推出了一款真实恋爱类型游戏，仅能让3000人参加。作为我们的高级VIP客户，我们第一个邀请对象就是您哦。"

"恋爱类型游戏？听起来没什么吸引人的，我不需要哦，我才不想找男朋友，更不想有个男的麻烦我。"我一口回绝。

"那真是太可惜了，我们为这款游戏胜利玩家准备的礼物是《战神归来Ⅰ、Ⅱ、Ⅲ》，既然您不想参加，那我就不打扰您了，我再继续邀请下一个玩家。"

"等一等！"我差点从椅子上摔下来，《战神归来Ⅰ、Ⅱ、Ⅲ》可是早已绝版的游戏啊！是荣誉公司早期推出的一款游戏，可惜只推出一季就表示不会再发售了，我用尽了各种方法都找不到这款游戏！

"我想了想，作为你们的高级VIP应该对新游戏表示支持，而且你们这么有诚意第一个邀请我，所以我决定参加。"

"非常感谢您的支持，任务卡稍后会发给您。"小美客服发出一个大大的笑脸。

我抱着手机兴奋地跳来跳去："《战神归来Ⅰ、Ⅱ、Ⅲ》等着我，我一定要带你们回家！"

第二天，我打开手机看到了这个游戏的详细说明和任务卡，虽然我觉得这个游戏有点太变态了，但是为了《战神归来Ⅰ、Ⅱ、Ⅲ》我忍了！于是我就这样开始我的校园恋爱之路了！

只是，此时的我还不知道，我的一切反应都已被一个老谋深算的男生所掌控，他就像一个端着枪的猎人，等着我这个猎物一步步走进他的陷阱……

第一章

游戏发布第一个任务："亲他！亲他！亲他！"

（一）

第二天，我一早起来就开始做准备，心里还是有一点小忐忑和雀跃的，不知道我的恋爱对象是什么类型，长相如何，希望千万不要形象太抱歉啊！

一直等到下午，我的手机才又收到提示信息，叫我开门。我一打开门就看到一身黑西装的高大男子笑容满面看着我说："安小姐，您好，我是本游戏的执行者，这是您的转校通知书，现在，我将护送您去目的地帝国学院。"

"不愧是大公司，连游戏执行者都有，还亲自护送我啊！"我接过通知书感叹道，然后换上校服，雄赳赳气昂昂朝着目的地走去。

帝国学院位于城市最东边的角落，偌大的校园简直可媲美迪士尼乐园，建筑方面则是欧洲城堡风，除了美轮美奂的建筑，人文设施也很完善，还有一个很出名的小宠物——猴宝，它是一只可爱的小猕猴，是帝国学院花房饲养的宠物。嘿嘿，别问我为什么这么清楚，我可是向来不

游戏发布第一个任务："亲他！亲他！亲他！"

打无准备的仗。

"安小姐，我们已经到啦。"游戏执行者的声音唤醒了已经陷入昏沉的我。

"终于到了！"我舒服地伸了个懒腰，透过车窗我看到夕阳染红了天空，跳下车张开双臂呼吸着清新的空气。

已经是傍晚时分了，我注视着富丽堂皇的校园，发出一声赞叹："真是漂亮得不像是真实的存在啊！"

突然，在校门口缓缓走出一个高大的身影，身高目测在一米八五以上，健硕的身材即使穿着黑色校服也显露无疑，一头清爽利落的短发随风轻轻舞动。

他一出现我就觉得周围好像都暗淡了，夕阳为他周身镀上了一层柔和的光晕，他缓缓走来竟像从天国走来的天使一般，随着他走近，那张帅到无法形容的脸越来越清晰，我不敢相信竟然有这么帅气的男孩子，弯弯的眉眼含着微笑，粉嫩的唇角上扬着，脸颊泛着淡淡的红晕。

"这真是可以跟漫画上的王子相比了。"我眨了眨眼睛说，同时告诉自己要淡定，在游戏里、漫画上见识了那么多美男画像，我可不能被轻易蛊惑，只是……如果我的恋爱对象是他，那实在太棒了……我忍不住胡思乱想起来，然后手机突然震动了下，我依依不舍地将目光移到手机上。

"什么？"我大声喊起来，手机上明明白白写着系统任务：已确认攻略对象轩逸欣，请亲他！请亲他！请亲他！

我左看右看，似乎在我一米范围以内只有眼前这个笑眯眯的帅哥了，难道他就是我的配对男主？我继续翻着任务攻略，下面附带的照片可不正是那个帅到惨绝人寰的帅哥吗？只是，我咬了咬嘴唇，脸腾的一下就红了，这还没介绍没认识就让我亲他？他会不会把我当女流氓啊？

"请亲他，否则任务宣告失败。"系统再次传来提示音，"首次任务失败者将自动出局。"

"出局？"这么严重啊！我的内心一片哀号，我的绝版游戏啊！我抬起头看了看那个叫轩逸欣的帅哥，他似乎也在看着我，一双漆黑的眸子简直在闪闪发光，我们对视了一眼，他朝着我走过来。天啊天啊，他难道知道我是谁？还是他被我的美色吸引？认真讲，我安诗雅身材苗条脸蛋漂亮，打扮下站出去也是能迷倒一批人的，那我亲他一下应该没问题吧？他不会生气的吧？

"任务进入倒计时，任务进入倒计时。"恼人的系统提示音再次响起来，看着从10开始的倒数，如果我再犹豫就彻底的GAME OVER了！我深深吸了一口气鼓足勇气，朝着不远处的轩逸欣扑过去，然后以迅雷不及掩耳之势在他的脸颊上重重亲了一下。

我都能感觉到自己的心脏就快要跳出胸腔，我的脸热辣辣的一直红

第一章
游戏发布第一个任务："亲他！亲他！亲他！"

到耳根，他的皮肤还真是细嫩，亲上去的瞬间我的呼吸都停顿了，然后我觉得四周是一片寂静，我到底在做什么啊？我猛地推开他朝着校园跑去，太丢脸了、太丢脸了，我安诗雅的一世英名是不是全毁了！我低着头一路狂奔，不敢抬头更不敢回头。

就在我一路狂奔的时候，手机的提示音又开始响了，我跑到一个无人的角落，大口喘着粗气停下来。我擦了擦额头的汗水，平复了下心情，才敢打开手机看："本次任务完成，亲要继续加油哦，本次任务得分为最低分一分。"

"一分？还是最低分？太过分了！"我恨得牙痒痒，我安诗雅从玩游戏以来，什么时候得过一分，什么时候得过最低分！居然是最低分！枉我还牺牲了自己的初吻！什么破游戏！呜呜，太丧尽天良了！我噘着嘴一边走一边抱怨，再抬头看时才发现自己走到了花房前，我侧耳倾听，有细微的小猴子的声音，我顺着声音的方向摸过去，就看到一只浑身金黄色绒毛的小猕猴正在惬意地吃花玩，它体型很小但是肉蛮多的，看起来胖乎乎，一双眼睛精光四射。

"好可爱啊，你一定是猴宝啦！"我开心地挥着手打着招呼，很小心地接近它，"放心我不会伤害你的，你这么可爱，我很喜欢你哦。"

猴宝一个爪子拿着花，一个爪子挠着头，一副在思考的表情，我觉得我的心都快被萌化了！

“猴宝，你知不知道，我今天做了件很丢脸的事情，我都快要糗死了，真不知道该怎么办！”我噘着嘴，一屁股坐在猴宝旁边的草地上。

猴宝似乎能听懂我的话，它从花枝上跳到我的身前坐好，同时将手里的鲜花在我眼前晃啊晃。

“你是要送给我吗？谢谢你哦！你真好！”我接过鲜花插在自己的上衣口袋里，然后托着腮开始讲述自己的悲催经历。

小猴宝居然很认真地在听，虽然它一会儿坐着一会儿趴着一会儿躺着……但是小猴宝那双滴溜溜的眼睛一直在看着我，我相信它听得懂我的话。

“猴宝，猴宝，该吃饭了！”一个男人的声音响了起来，猴宝顿时来了精神，开始手舞足蹈。

我也立刻站起来，看着走过来的一个中年男子，他穿着一身粗棉麻的衣服，头上戴着一个草帽。

他看到我就立刻笑着说：“你好啊同学，来找猴宝玩啊，看起来猴宝很喜欢你，它可是很调皮的，没有烦到你吧？”

“没有没有，它很乖很听话啊，而且它很有灵性呢，跟它聊天很有意思。”我笑嘻嘻地说，猴宝也笑眯眯地围着我翻了几个跟头。

“那就好，我是这边的花农，你可以叫我孙叔，猴宝就是我在养着，你没事也可以来看它哦。”孙叔摘掉草帽和蔼可亲地说。

游戏发布第一个任务："亲他！亲他！亲他！"

"孙叔好，我叫安诗雅，我一定会经常来看猴宝的。"我连连点头，只是猴宝丝毫没有要走的意思，难道它舍不得我？

"哈哈，猴宝，不许贪心哦！快去吃饭，不然就要挨饿了。"孙叔笑着说，同时表情又有点严肃。

猴宝果然很听话地离开了，只是它走的时候还在不停回头看我。

"天都黑了，你也快回家吧，猴宝刚才是在向你要金币呢，它哪点都好，就是喜欢金币，有同学给它金币的话它能兴奋好几天。"

"啊？是在问我要东西啊！真是不巧，我并没有带金币啊，只是猴宝要的是真金币吗？"我吃惊得瞪大眼睛问。

"真的假的都可以啊，只是真的我们会收集起来，然后定期资助贫困学生，这些都是很透明的。"孙叔一副怕我误会的模样。

"哦，我明白了。小猴宝，姐姐下次来的时候给你带金币玩！"我冲着猴宝的背影喊道。

（二）

跟猴宝和孙叔告别后，我的心情已经好了很多，反正事情都已经发生了，就不要再觉得丢脸了。只是我最耿耿于怀的还是那个最低分，真是我游戏生涯的耻辱！我下一次一定要拿个高分！我一边给自己鼓气一边往校园外走，夜色中的帝国学院别有一番清幽滋味。

看着天边的一弯明月，我暗暗下定决心，以后的任务一定要把分数追回来，就是老天要保佑啊，系统别再给我出什么变态任务了！

突然，我听到身后响起急促的脚步声，接着我的眼前一黑，感觉一个麻袋样的东西裹住了自己的上半身，这是要抢劫还是绑架？

"大哥大姐，我就是一个穷学生，你们放过我吧！"我在麻袋里拼命求饶，麻袋的刺鼻味道让我脑袋发晕。

"打！"朦胧中，只听到一个简短有力的女声，然后我就被推倒在了地上，无数的拳脚向着我身上袭来，剧烈的疼痛感让我无力招架，我泪眼婆娑地喊着救命，可是根本没人来救我，我只觉得疼痛感从最开始的强烈到最后身体渐渐麻木失去感觉，我的意识也开始变得不清晰。黑暗中，我渐渐闭上了眼睛。

"天啊，难道我要死在这里了吗？"我喃喃自语着，然后陷入了彻底的昏迷。

当我再次睁开眼睛的时候，发现自己正躺在医院的病床上，我揉了揉昏沉沉的脑袋坐起来，第一句话就是破口大骂："是谁打的老娘！要我查出来一定要让她好看！"

"雅雅，你终于醒了，你知道不知道你睡了一晚上，担心死我了！"某人一下子冲过来抱住了我拼命摇了摇，不用看我都知道他是我的保镖洛隐，自从太爷爷将他送到我的身边，他就不遗余力地保护我，他曾经对太爷爷承诺过，死都要护我周全。

"放手……你再不放手我就要被你勒死了！"我嫌弃地大喊，"你怎么会在这里？"我看着一脸激动的洛隐问。

洛隐脸上的表情顿时变得很严肃，他插着腰站在我的床前，语气满是指责："你还问我，你自己呢？为什么出去也不告诉我一声，你知道我发现找不到你的时候有多担心吗？幸好你手机有GPS定位，不然真不知道你会被欺负成什么样！"

洛隐生气的样子一点也不可怕，因为虽然他比我大十岁，却长着一张娃娃脸，再加上又圆又大的眼睛，穿学生装也一点不违和，所以我总是将他当成同龄人，他有着亚麻色的头发，因为练武的关系身材也十分健硕，说实话也是一个美男子，只是我们认识时间太久，他的颜值经常被我忽略。

"啊，我……我不是玩游戏了嘛，我正在玩一个攻略游戏，校园的嘛，所以我就去帝国学院啦，我也不知道怎么第一天去就被人打了，她们那群人呢？抓到了没？"

"游戏游戏，你就知道玩游戏，这件事要是让老太爷知道，非骂死你不可！"洛隐修长的食指不满地敲着我的额头，"她们全都被抓起来了，不过全是未成年，也不会怎么处置，只是安家的大小姐可不能白白被人欺负。"洛隐说完就挑起嘴角笑了笑。

"我知道你肯定不会告诉太爷爷的。"我笑眯眯讨好地说，"你可是我的守护神，我知道有你在，我一定是安全的！"

"咳咳……"隔壁病床突然传来一阵咳嗽声。

我习惯性地扭头一看，立刻又把脸转过来了，登时脸如火烧，心跳加速。

怎么会是他！

我隔壁床上躺着的病人，竟然就是我昨天强吻过的那个男生！好像是叫作轩逸欣……太尴尬了吧，我有点懵了。

"你怎么了？医生明明说过你没什么事的，躺一天就能好，可现在脸红得像个番茄。"洛隐皱着眉摸了摸我的头。

"那个，我没事……"

"小少爷，您是不是渴了？真可怜，居然出了车祸，我帮您倒杯水喝。"隔壁床旁边的人叹息着说。

"我没事，你放心。"轩逸欣的声音听起来似乎有点虚弱。

出车祸？我的天，我才被人打，他又出车锅，这个游戏是不是有点不太吉利啊？

"幸好您没事，真是奇迹，明明出了车祸……"

"张伯伯，您别说了，我好好的。那个同学，我们是不是在哪见过……"轩逸欣打断了那个张伯伯的话，转而问我。

第一章
游戏发布第一个任务："亲他！亲他！亲他！"

我不敢回头去看他，只得硬着声音说："可能是认错人了吧。洛隐，我饿了。"

"就知道你醒来要吃东西，我买了你最喜欢的银耳莲子粥和小笼包，你去洗漱下。"洛隐笑着指了指桌子上冒着热气的早点。

看到美食我就更有精神了，跳下床去洗漱。虽然被打了一顿，浑身都很酸疼，但是活动下也还好。我一走出病房，就发现好多小护士在病房门口走来走去。

"真是太帅了，听说又帅又有钱。"

"我还是第一次见到这么帅的男生，是不是人帅运气也好，出了车祸都没啥大事。"

"是啊是啊，第一次见到这么巧合的车祸，可是他为什么要住这个病房啊，如果他单独一间该多好啊。"

"省省吧，他要是单独一个病房，你们还不把他病房挤满了，都干活去吧。"

我洗漱的时间将轩逸欣的八卦听了个七七八八，原来他是早上出的车祸，送进来的时候连医生都惊呼是奇迹，他的伤势很轻微，他还不同意住在高级单人病房，一定要住至少两人的病房，然后就进了我所在的病房。

我从洗漱间回到病房的时候，明显感觉到轩逸欣的目光一直在追随着我，真是讨厌啊！为什么我没有被打失忆，他也没有出车祸失忆呢！我只好淡定地假装失忆……完全无视掉他！

"这家小笼包是你最喜欢的虾仁馅哦，我知道你喜欢蘸着辣椒吃，但是你目前的身体状况还是少吃辣吧，蘸点醋就可以了。"洛隐细心地将小笼包蘸好醋放在碟子里，端到我的嘴边。

"洛隐，你以后的女朋友一定很幸福！"我一口一个吃着小笼包，心情很好地调侃着洛隐。

"吃东西的时候不要说话，小心噎着。"洛隐只是冲着我笑，那笑容如春风，让人暖暖的又甜甜的。

"银耳莲子粥是我亲手煲的哦，全部都糯糯的。"洛隐又将一碗莲子粥端到我的面前，细心地帮我吹着热气。

"好吃好吃，不过你好小气哦，我下次要吃燕窝粥。"我眨着眼睛笑眯眯地说。

我向来是能宰他一顿是一顿，反正他的工资是我太爷爷发的。

"我的大小姐，你想吃燕窝粥还不容易，老太爷那多得是，我这个周末陪你回去看看他吧。"洛隐敲了敲我的额头说。

"这个嘛……到时候再说呗。"我是很喜欢太爷爷啦，太爷爷也很宠我，但是我还想继续玩我的游戏啊……一想到游戏，我就想到了隔壁床上的轩逸欣……真是令人头疼啊！

第一章
游戏发布第一个任务："亲他！亲他！亲他！"

"小少爷，您怎么了？"张伯伯的声音满是担忧。

"没什么，张伯伯，我就是有点不舒服，您先回家吧，我想一个人待会儿。"轩逸欣的声音里带着满满的失落，他的声音真好听，光听声音我都觉得心软了。

"可是，您还没吃早饭呢。"张伯伯犹豫地说。

"一会儿我会吃的，您先走吧，您不是还有事吗？"轩逸欣劝说着张伯伯。

"那好吧，您有事给我打电话，我会交代护士好好照顾您的。"张伯伯说完就走了，临出门前张伯伯忽然停下，回过身来深深看了我一眼，然后笑着说，"也麻烦您了，毕竟同一个病房，若有什么打扰的，我先给您道歉。"

"您千万别这么说，都是同学，互相照顾很平常的。"我立刻坐直了身子说，对方是长辈，对我这么客气，我也不能失礼。

张伯伯这才放心地走了，他走了之后，洛隐也有事要出去一趟，我虽然很不希望洛隐走，但是我也知道办正事要紧，只好依依不舍地看着他离开。病房一时变得很安静，安静到只能听到我和轩逸欣两个人的呼吸声。

（三）

"同学，我们真的没见过吗？"轩逸欣的声音再次幽幽传来，"我觉得你很面熟呢。"

"那个，我是大众脸嘛，你好啊，你叫什么名字？"我转过脸，努力做出一个人畜无害的表情笑着问。

轩逸欣半躺在雪白的病床上，好像一个生病的王子，居然连这种时候都还是这么帅，难怪外面的那些小护士们为他疯狂。

"我叫轩逸欣，你叫什么名字呢？"轩逸欣似乎放弃了那个话题，虚弱地笑着问道，他的脸和嘴唇都是苍白的，人看起来也很憔悴，我无端生出一股怜惜的情绪。

"我叫安诗雅，我是帝国学院的学生。"也许他真的忘记了，我抱着一丝侥幸心理。

"哦，我也是帝国学院的学生，真是好巧啊。你是新转来的吧？"轩逸欣伸出手想去拿桌上的早点，可似乎手没什么力气，将勺子碰到了地上，"哎呀，我真是没用，竟然会虚弱得拿不起勺子，看来我得饿死在这里了。"他嘟了嘟嘴，表情十分可怜。

我这么热情爱帮助人的人，没理由见死不救吧，而且想到那些护士的花痴样，要是让她们来喂……还是算了吧，我跳下床走到他的床前坐下说："我来喂你吃早餐吧，我的确是新转来的哦。"

"那真是太感谢了。"轩逸欣失望悲观的脸上瞬间绽放出笑容，他倚在靠枕上，星子般的眼眸充满期待地看着我。

我端起一碗白粥，轻轻吹了吹，然后一口一口喂给他吃，轩逸欣小口小口喝下去，他吃东西的样子也格外吸引人，那张苍白的唇逐渐变得有血色，而脸颊也泛起了淡淡的红晕，他吃得很优雅很慢，我觉得如果有王子，也一定就是他这个模样吧。

"我喊你小雅可以吗？"轩逸欣眼神温柔地看着我问。

"可以啊。"我身边的朋友经常喊我小雅，也无所谓啦。

"小雅，这个粥里有种特别的味道，好像放了花蜜，又甜又香。"轩逸欣眨了眨眼睛，一副陶醉的表情。

"是吗？可是我都没有闻出来啊，如果是花蜜，不可能闻不到吧。"我狐疑地看着清汤寡水的白粥，除了米粒特有的香味外，哪还有什么味道？

"你尝尝看。"轩逸欣似乎很留恋地舔着嘴唇，"那种味道，真的很难形容，只有喝了才知道。"

"是吗？"我听着他的话直接用勺子盛了一口喝了，"没什么特别味道啊？"说完这句话我突然愣住了，我是用他喝粥的勺子直接喝了一口！用他的勺子！想到这，我的脸腾一下就红了。

"也许是因为有美女喂我吧。"轩逸欣微笑着摸了摸自己的下巴，

"可能是心里的感觉呢。"

"你……"我紧紧咬着嘴唇，竟然不知道该说什么好，"你是故意的，我不理你了！"我将粥碗放在桌子上，转身回了我的病床。

太过分了、太过分了，竟然这样骗我！呜呜，好丢脸，我怎么又这么丢脸了！我将头埋在被子里哀号。

"叮"的一声响，手机传来系统提示音，我打开一看，原来是系统又发来了新任务："玩家第二关任务，让轩逸欣对你说够八十句话。"

"八十句话？为什么不早一点来！"我陷入了纠结，才刚刚说完不理他，可是游戏还在继续啊！

我安诗雅不是说过绝对不要再得最低分了吗？

"加油，安诗雅，什么游戏都难不倒你！"我给自己打气，然后掀开被子偷偷看轩逸欣，他正拿着一本书在看。

"那个，轩逸欣，本小姐大人有大量，刚才的事就算了。"我坐在病床上装作很大方地说。

轩逸欣依旧在看他的书，丝毫没有理我的意思。

"你不会是生气了吧？"我笑嘻嘻地继续问，"怎么说我也喂你喝粥了对不对啊，大家是同学嘛，干吗不理我呀？"

轩逸欣好像聋子一般，对我的话一点反应都没有。

"你渴不渴啊，我倒水给你喝啊？"我告诉自己要忍耐，然后走下

游戏发布第一个任务："亲他！亲他！亲他！"

床来到他的旁边，给他倒了一杯温水。

轩逸欣只是抬起头看了我一眼，从牙缝中挤出了一个字："谢！"

呜呜，不要这样嘛，好歹也说过个"谢谢"啊！我双眼都快要冒火了，恨不得将他的书给撕了！

"你看的什么书啊，很好看吗？"我在他身边坐下，没话找话。

"黑夜给了我黑色的眼睛，我却用它来寻找光明。"轩逸欣看着书说出一句话。

我眨了眨眼睛，这是跟我说话吗？

"你是要给我念诗听吗？"

"明月几时有，把酒问青天……"轩逸欣看都没看我一眼，而是将身子转了过去，继续念他的诗。

"这是苏轼的词，描写中秋的，我也背过呢。"我看着他的背影继续说。

"东边日出西边雨，道是无晴却有晴。"轩逸欣似乎沉浸在他自己的世界中，完全不理会我说什么做什么。

我就在他身边自言自语了一天，他最多回应我一个"哦"或者"嗯"。等到夜幕降临时，我的手机再次收到系统提示："亲爱的玩家，你可要好好加油哦！本次任务得分为一分，最低分哦！"

"可恶！"我用力握着手机，恨不得将手机捏碎，又是最低分！简直是我人生路上的耻辱！轩逸欣，不征服你我就不叫安诗雅！我一定要赢这个游戏，我一定要攻下轩逸欣！我的绝版游戏谁也别想跟我抢！

半夜，我看着熟睡中的轩逸欣，露出了一抹狡黠的笑容："你给我等着，我绝对绝对不会再输了！"

第二天早上醒来，我的手机再次收到任务提示："新任务，照顾轩逸欣生活起居，亲，要好好努力哦，本次任务与好感值关系很高哦。"

"照顾生活起居？那还不简单！"我伸了个懒腰爬起来，端着热水到轩逸欣床边，尽量放柔了声音说，"轩逸欣同学，起床啦。"

阳光洒在他的脸上，他的皮肤真是比我的还要细腻，他的睫毛也是又长又卷翘。

"安诗雅？"睡意蒙眬的轩逸欣看着我迷糊地问。

"是啊，是我，早安啊，太阳都出来啦，起床吧，我给你倒好了热水哦，喝一口润润嗓子吧。"我笑容满面的将水端到轩逸欣的嘴边。

轩逸欣似乎被我的举动吓到，他坐起来从我手中将杯子接过去。

"谢谢你了。"他有些不好意思地说。

"没关系啦。我们一起吃早餐吧，你去洗漱下。"我看着他说，然后将托护士买来的早餐在桌子上摆好。

轩逸欣一副受宠若惊的表情在我身边坐下："这样麻烦你是不是不太好啊。"他的脸颊又开始泛起粉红色。

第一章
游戏发布第一个任务：“亲他！亲他！亲他！”

“没关系没关系。”我笑呵呵地说，一脸温柔，将筷子递到他的手里，“不知道你喜欢不喜欢吃这些。”

“我很喜欢，我们两个人的口味很相似，既然你请我吃早餐，那我请你吃午餐吧，这家医院的餐厅味道还不错哦。”此时的轩逸欣看起来很开心。

我在心里默默给自己比了个V字形，他这么开心，我应该已经踏出成功的第一步了吧！

“轩逸欣，要不要吃苹果，吃苹果可以补充维生素，很健康哦！”吃完早餐，我又拿出一袋苹果。

“好啊好啊，可是我手很笨啊，都不会削苹果。”轩逸欣看着我手里红彤彤的大苹果咽了咽口水。

“我帮你削啦，大家是同学，互相帮助很应该的。不是我吹牛，我可不是一般娇滴滴的大小姐，我做起家务可是很棒的，削苹果这种小事根本难不倒我，而且我一刀下去皮都不会断的哦。”

“你真的好厉害，如果以后每天都能吃到你削的苹果，我一定会很幸福。”轩逸欣一脸崇拜看着我，然后表情充满了期待。

“没问题，以后我天天都给你削苹果吃！”轩逸欣还真的是个很容易满足的人啊！

（四）

　　我和轩逸欣的关系突然就变得很好，连洛隐都觉得奇怪。为了不让他影响我的游戏进度，我拒绝他再来医院看望我，反正医院里医生护士那么多，我又不会有什么危险，而且我的身体早就好了，不过为了多和轩逸欣接触，我才死活都要赖在医院里的。

　　"轩逸欣，吃苹果！"每天早上吃完早餐，我都会习惯性地帮他削一个苹果，他真的很喜欢吃苹果，每次吃苹果的时候表情都好幸福，简直让我的成就感往上飙升。

　　与此同时，我还发现轩逸欣是个很呆萌很纯粹的人，反应有时候都要比别人慢半拍，真的是超级可爱的一个人。

　　"轩逸欣，你看刚才那个小护士来看你的时候，连话都不会说了。"我打趣着说。

　　"啊，有吗？我都没注意呢，告诉你，我特别怕医生和护士，因为我怕打针！"轩逸欣一脸认真的表情说。

　　"轩逸欣，你为什么每天看书啊？"我发现轩逸欣每天都会抽出几个小时来看书，而且他看的书涉猎很广，从诗词到历史到小说到天文，他什么类型的书都要看一看。

　　"看书多好啊，书教给人知识，你也不要整天看手机了，对眼睛不好的。"轩逸欣语重心长地说，真像个小大人一般。

游戏发布第一个任务："亲他！亲他！亲他！"

"那你都不玩游戏的吗？游戏多好玩啊，我还从来没见过不玩游戏的年轻人呢。"我双手托着腮继续问。

"不玩，我都不懂游戏，我连电子产品都很少用，怎么会游戏，而且我每天看书学习，还有做运动，也很充实啊。"轩逸欣说得很满足。

"现代社会真的很难找到像你这样的男生了。"我看着轩逸欣逆光的侧颜，一个这么帅又这么优秀的男生，肯定很多人追吧……我的心跳突然加速了，脸也感觉在发烧。

"你怎么了，脸好红哦，发烧了吗？"轩逸欣伸出手在我的脸颊摸了摸，他的手很凉，摸在我的脸颊上时很舒服，可是……

"喂，发烧不应该摸额头吗？干吗摸我的脸！"我一把拍掉他的手嗔道。

"哈哈，因为你脸很红啊，感觉你脸比额头要热，我是在给你降温啊。"轩逸欣一边说还一边调皮地眨了下眼睛。

我的心脏因他的动作而跳动得更加厉害。淡定啊，安诗雅，这只是个游戏而已，你可千万不要入戏太深啊！我拼命告诉自己。

经过两周的不懈努力，我的游戏得分终于增加到八分了，八分啊！看着积分排行榜，我大感欣慰，我的付出和努力终于有了收获，我终于离我的绝版游戏又进了一步！同时，我不断告诉自己，我是在玩游戏，因为轩逸欣真的……太吸引人，我都会有点担心自己陷进去。不过这种恋爱攻略游戏，一点真心都没有也不可能赢吧，我提醒自己：我是为了赢得游戏才认真的！

两周后我和轩逸欣终于都出院啦，说实话总赖在医院里，承受着那些护士的白眼我都快受不了了！我原本还担心进了学校会影响做任务，可原来我和轩逸欣竟然在同一班，而且他还主动申请做我的同桌，这样就更方便我做任务啦！不得不说这个游戏的考虑还是很周全的嘛。

"叮叮！"我的手机再次传来了系统提示音，我兴冲冲拿过手机一看，发现这个系统任务实在太变态了。不知道是谁设计的，要是敢站出来的话我绝对不打死他，才怪！此刻手机上显示的任务是："新任务，教会轩逸欣玩会荣耀旗下任意一款游戏，亲，温馨提示轩逸欣是个游戏白痴，请亲保持耐心！"教游戏白痴玩游戏？我的天啊，任务真是越来越艰巨了！

"轩逸欣，我们每天学习这么辛苦，是不是应该找点事来放松一下？"我笑眯眯地看着轩逸欣问。

"放松？散步吗？"轩逸欣睁着无辜的大眼睛看着我。

"不是啦，是这个！"我扬了扬手里的游戏光盘，"这个才是精神食粮啊，而且玩游戏可以长智商，我们一起玩吧？"我兴高采烈地说。

"啊？游戏啊，我不会，你自己玩吧。"轩逸欣的兴致明显不高。

"不要嘛，我就想你陪着我玩，你是不是不把我当朋友啊？你要是把我当朋友就陪我一起玩！"我气呼呼地瞪着他说。

"好啦，你别生气，我陪你玩，你教我。"轩逸欣看到我发火立刻就妥协了，我也是最近才发现，他好像很怕我不开心。

"那，你是角色B，我是角色A，我从这边进攻，你在一旁协助我，那些绿色的都是敌人，我们要杀光他们！"我一点点很仔细地教轩逸欣，这是我选来选去觉得最容易的一款战争游戏了。

"这样啊，敌人来啦！"轩逸欣的鼠标点啊点，可是攻击全部都向着我发出，我的角色立刻GAME OVER了。

"你把我杀死了，我们是伙伴呀，你怎么都不会杀敌人的？"我有点焦躁，"你看，鼠标这样点，键盘按这几个键，很容易嘛！"

"对不起，对不起！"轩逸欣一脸愧疚的表情。

"不要紧，再继续来。"我平复了下心情继续玩。

也不知道轩逸欣是真的游戏白痴，还是故意不配合，我们两个人玩多久就输多久，他永远也分不清敌我，永远也选不对适当的攻击键。

"小雅，我真的很笨，你别教我游戏了。"轩逸欣皱了皱眉头，似乎很不想玩游戏。

"不要紧，这个游戏不好玩，我们换一个就是啦，我有很多游戏，总有一款是你喜欢的。"我拿出了一堆游戏光盘。

作为一个游戏天才，我就不信我教不会一个游戏白痴！我安诗雅可不会轻易放弃！尤其是我都走到这一步了，眼看着我的成绩就要遥遥领先，怎么能失败在我最擅长的领域！

既然是游戏白痴，那就多补习补习，我上学的时候没事就教轩逸欣游戏知识，给他画漫画讲故事，希望让他能打心里接受游戏，放学之后写完作业就开始各种游戏实战。这么几周下来，轩逸欣还是小有进步的，虽然还没达到系统要求，但我还是很满意的。

"喂，你听说了吗？咱们的校草有女朋友了。"正在上洗手间的我，突然听到这样一句话。

"校草？轩逸欣？有女朋友了？"另一个女孩子尖叫道。

"小声点啊，我只是听说啊。"

"假的吧，轩逸欣一直说过学习时不考虑那些事。"

"也对，也对。"

轩逸欣有女朋友？怎么可能！作为他的好朋友，我们几乎天天在一起，怎么可能不知道他有女朋友的事？那些女孩子就是没事爱八卦！对了，当初打我的那群人也是帝国学院的女生，她们碰巧看到我强吻轩逸欣的场景，所以就堵在学校门口教训我，真是一群幼稚的人！

不过我还是很庆幸那天是傍晚，而学校里也没几个学生，那几个打我的女生经过一番教训后全部转学去了别的地方，不然我真不知道怎么继续在这里上学！

第二章

我不想伤害她，也不想被伤害！

（一）

　　上课的时候，我的精神总是不能集中，旁边的轩逸欣在很认真地记着笔记，我偷偷看着他的笔记本，漂亮的字好像印刷出来的一样。他的手也很漂亮，手指也很修长，这样的手指弹钢琴一定很好听吧。

　　"小雅，你在想什么呢？是看不清黑板吗？"轩逸欣偏过头小声地问我，他的身上永远带着一股柠檬薄荷的清香，他一靠近我就感觉是整个春天靠近了我。

　　"啊？没想什么啊，的确有点看不清呢，你把笔记本借我抄吧。"我摸了摸头掩饰掉自己的尴尬。

　　"我再重新抄一份给你吧。"轩逸欣笑眯眯地说，他总是对我那么好，好到我自己都有点心虚。

　　"轩逸欣……"我轻轻喊他的名字，可是话到嘴边又说不出来，我低下头在自己的笔记本上画着圆圈。

　　"你怎么了？"轩逸欣有点担忧地看着我，"不舒服吗？"

　　"不是啦。没什么，上课吧！"我笑了笑，将注意力集中在课堂上，认真听课。

"小雅，你和轩逸欣是在交往吗？"下课后，有个平时玩得比较好的女生问我。

"啊？没有啊，就是普通朋友啊。"我极力否认。

"哦，那样，那就没事了。"女生笑呵呵地说。

"怎么一副神秘兮兮的表情，是有什么我不知道的事情吗？"我狐疑地看着她问。

"没有没有。"女生连连摆手后离开了。

明明是有事嘛，又不肯告诉我，我气呼呼地想。晚上回到家里，我拿着手机百无聊赖地刷着微信，突然一条朋友圈信息蹦了出来："男神有女友啦！"

我心头猛地一跳，然后点开正文看了起来。

"名门之后轩逸欣正牌女友曝光，辛姓女生可爱多金"，我看着大幅的报道和轩逸欣跟那名少女的合照，他们的笑容那么灿烂，那个女孩子长相娇小可爱，依偎在轩逸欣的身边一副小鸟依人的模样，刺痛了我的眼睛。

"轩逸欣真有女朋友了，听说毕业之后要订婚呢。"

"呜呜，那个女生也是帝国学院的，他们是什么时候勾搭上的！"

"我失恋了，男神有主了！"

我的朋友圈开始冒出无数的哀号，我的心随着那些消息一点点沉入谷底，轩逸欣真的有女朋友了？我抱着膝盖坐在床上，那我这个游戏还要怎么继续下去呢？

我安诗雅绝对不要做破坏别人的第三者！我眨了眨眼睛，咦，我的眼睛怎么湿湿的？我该不是哭了吧！我拿起纸巾揉着眼睛，我怎么会哭呢，轩逸欣有女朋友我有什么好伤心的，对了，我一定是为了那个绝版游戏《战神归来Ⅰ、Ⅱ、Ⅲ》哭的！我的战神归来，再见了！

我登录了恋爱攻略游戏的界面，找到游戏执行者，郑重地说："我要退出游戏。"

"退出游戏？为什么？"那边发出一连串的问号。

"因为我不能违反我做人的原则，好啦，就这样，退学手续我会找人去办理的。"我心烦意乱地关闭了电脑。

我的家族好像陷入了某种魔咒，两代人都因为第三者问题而离婚，所以我是由太爷爷养大的，我的爷爷和父母都各自组成了新家庭，太爷爷一直跟我说，希望我这一代不会再出现这样的问题，我一定不会的！

我始终忘不了爸爸妈妈离婚的时候，那天是晴天，可我的眼睛一直在下雨，然后我就被带到了太爷爷那里，他们两个人头也不回地走了，我爬在窗口朝外看，看着他们上了不同的车、去向不同的地方……

"洛隐，我要离开这里，你明天帮我去学校办手续，我想去看看太爷爷。"我打通了洛隐的电话。

"小雅，为什么突然做出这个决定？"洛隐疑惑不解地问。

"这个游戏不好玩，我不想玩了。"我不想解释太多，直接挂了电话，然后抱着枕头躺在床上。

手机突然响了起来，我看了一眼屏幕，是轩逸欣。唉，这种时刻我还真的不想和他接触。我可不想过两天铺天盖地的传闻都是我插足他的恋情，我安诗雅向来玩游戏不认输，但是一旦触及底线我也会毫不犹豫地放弃。我把自己此时的一切失落都解释为放弃游戏的失落，以及与绝版游戏无缘的失落。

第二天，我一起床就买了去澳大利亚的机票，然后告诉洛隐我今天就要去看太爷爷。

洛隐对我雷厉风行的态度表示无语，他说他在学校碰到了轩逸欣，轩逸欣一直在追问我的下落，我告诉洛隐不许泄露我的行踪。

"是因为那个绯闻报道吗？"洛隐在那边沉默了一下，接着问。

"嘿嘿，你一向很了解我的。"我云淡风轻地笑着说。

"轩逸欣好像很生气的样子，还说那都是造谣。"

"怎么都好啦，洛隐，我已经在机场了，还有两个小时就要上飞机了。"我深深呼吸，看着空阔的机场。

"那你自己小心哦，我会通知老太爷那边的。"洛隐的声音里满是无奈。

"你先不要通知啦，我想给他个惊喜。"我撒娇地说。

"好好好，你大小姐都说了，我只能听着。"洛隐挂了电话。

我一个人拿着行李箱独自坐在候机室里，心里有种空落落的感觉。我打开手机想玩游戏转移注意力，可是看着炫酷的游戏界面，却心不在焉起来。

"雅雅姐，你怎么了？"游戏的对话框出现好几个问号。

我看着自己的角色茫然地站在战场中，敌人的攻击很猛烈，我却按不出还击的那个键。

"要输了，居然输了！雅雅你失恋了吗？"

"失恋你的大头鬼，我在机场，网络太卡了，怪我吗？你们跟我打怪这么久，怎么一点进步都没有，都不能保护我，哼！"我将怒火发泄在游戏里。

"GAME OVER！"游戏显示出这几个字，我气愤地关上了手机，现在看这几个字我都会冒火。

"呜呜，好舍不得你，你要快点回来哦。"在我不远处的一对情侣在告别，女孩子一脸泪痕。

"乖啦，我会每天给你发信息的，你要注意身体不要总熬夜哦。"男孩子一直很好脾气地哄着女孩。

看着他们，我就更觉得落寞了，停停停！安诗雅你是怎么了？你不是最讨厌谈恋爱了吗？你不是最讨厌男孩子婆婆妈妈缠着你的吗？你伤春悲秋个什么啊！我站起来拍拍自己的胸口，露出一个灿烂的笑容，嗯，对，笑起来，你应该很开心，你马上就要去美丽的澳大利亚了，你

第二章

我不想伤害她，也不想被伤害！

马上就要见到太爷爷了，你可以晒着阳光喝着葡萄酒。

一想到风光明媚的澳大利亚，我的心情终于好多了。

"亲爱的乘客们，因特殊原因，飞机要推迟起飞时间，推迟时间为半小时，请大家耐心等待，不要随便离开座位，有事请及时联系我们的空乘人员。"起飞前三分钟，飞机里突然传出这样一则广播。

"又要等，我都等很久了耶。"我嘟着嘴叹气道，然后起身准备去接点水喝。

"为什么突然推迟半小时？你们知道原因吗？"茶水室里的空姐好像在八卦着不起飞的原因。

"是因为有个超级VIP贵宾临时要求登机，所以我们要等他。"

"谁啊，这么大面子！"

"听说超级帅，一会儿有机会找头等舱的空姐打听下不就知道了。哎呀，小姐您好，需要什么帮助吗？"空姐终于看到了我。

"我想接点水喝，坐太久腿有点麻了，想走走，所以就自己过来了。"我摇了摇自己的水杯解释道，我可不想她们误会我在偷听。

"好的。"空姐露出职业化的笑容，给我倒好水再送我回座位。

我戴上眼罩准备睡个美容觉。我对那种特权客人向来没什么好感，因为自己一个人耽误这么多人的时间，还是睡觉比较适合我。

（二）

澳大利亚的空气就是清新，我深深呼吸，看着湛蓝的天空发出一声赞叹："真是太美啦！"面前许多金发碧眼的帅哥和美女穿梭往来，很是养眼，我拖着行李箱心情很好地走出机场打了一辆车，直奔太爷爷的住处而去。

计程车司机很热情，一路上都在跟我聊着澳大利亚的风土人情，掏出手机，看到很多轩逸欣的未接来电，为了不让他影响我的心情，我再次关机。

计程车停在一栋别墅前，我看着蓝白相间的别墅，展开了拥抱，拿着行李箱像个孩子似的跑过去。

"开门，开门！"我对着别墅门上的智能门铃喊道。

"是小姐，小姐回来了！"保姆琳达的声音充满了喜悦。

"是啊，我回来啦！"我笑着回答。

我走进别墅，入目便是一个大花园，种植着各种花草，还有一个白色的秋千，这里就是我童年的回忆啊！

"小雅啊，你怎么突然回来了！"太爷爷一脸喜悦地走出来，他虽然已到古稀之年，但身体还是很硬朗，穿着简单的白色唐装，一头白发也梳得一丝不苟。

"太爷爷！"我朝着他怀里扑过去，在他满是皱纹的脸上印下一吻，"我好想太爷爷啊，就回来啦。"我撒娇着说。

"你这丫头啊，回来也不提前说一声，让太爷爷派人去接你多好啊。洛隐也是的，只听你的话，都不管我了。"太爷爷摸了摸我的头，语气中满是宠溺。

"我这不是为了给太爷爷你一个惊喜吗？"我扶着太爷爷走进房间，这里还是一点没变，一切都是那么熟悉。

"你这丫头，在国内是不是光想着玩游戏了？"太爷爷在沙发上坐下，一边笑着看着我问，一边吩咐琳达为我准备茶水糕点。

"没有啊，我很有分寸的。"我乖巧地说。

"小姐，你最爱的红茶，还有最爱的小糕点。"琳达很快就将我喜欢的茶饮吃食端上来，她像看着孩子一样看着我，"小姐，你回来家里就热闹啦，老太爷整天念叨你，还经常叫我准备你爱吃的东西。"

我眼眶一酸，依偎着太爷爷坐下，我不在家的日子，太爷爷一定很想我，他年纪这么大了，我应该多陪陪他才对："太爷爷，我这次回来就多陪你住些日子。"

"好啊，你不嫌无聊就行，太爷爷老了，最希望的还是看到你有人可以依靠。"

"太爷爷，我还小呢，你说什么呢！"我嘟着嘴打断太爷爷的话，顺手拿起一块糕点塞到太爷爷的嘴里，"太爷爷陪我一起吃吧。"

在太爷爷家的日子过得清闲而自在，我也难得过了一把贵族小姐的生活，衣来伸手饭来张口，没事弹弹钢琴玩玩秋千，或是在书房陪着太爷爷一起看书，似乎这样远离网络游戏的日子也不是太难捱。每当我看书的时候，都会忍不住想起轩逸欣，那个爱看书的人，现在不知道怎么样了？

"丫头，你在发什么呆呢？"太爷爷坐在摇椅里，一晃一晃地看着我问。

我回过头迎着阳光微笑道："没什么啊，在想书里描写的风景，真美啊。"

我看到一些细小的灰尘在阳光中飞舞，一切都恍然回到幼年时期。

"丫头，你也该干点活了吧。"太爷爷笑眯眯看着我问。

"干什么活啊？"我一脸问号。

"下午跟太爷爷去农庄学习酿葡萄酒吧，现在正是酿葡萄酒的好季节。"太爷爷从椅子上坐起来，整理了下衣服，"你迟早有一天会接管这一切，可不要真的以为自己可以什么都不会哦。"

"酿酒啊，我最感兴趣啦！"我兴奋地喊道，我最喜欢自己家酿的葡萄酒，甘醇馥郁，还可以美容养颜。

吃完午餐之后，我就催着太爷爷带我去农庄，我们坐着车去位于郊区的农庄，那里种植着大片的葡萄，酿酒的地方就在葡萄园后面，一进去就闻到浓浓的葡萄发酵的味道，好多橡木桶摆放在过道里。

太爷爷换上工作服，先从葡萄种类给我讲起，让我和工人一起挑选被采摘下来的葡萄，然后将挑选好的葡萄放到机器里进行压榨等处理，正在我们忙得不亦乐乎的时候，突然听到一阵报警器的鸣叫。

"大家保持镇定！"太爷爷挺直身子喊道，同时将我挡在了身后，"我出去看看，你留在这里。"

"不，我要和你一起。"我抓住太爷爷的胳膊说。

"你这孩子！"太爷爷摇了摇头，让我跟在他的身后走出了酿酒的工作间。

"抓住那个人，别让他跑了！"一出门就听到一道熟悉的声音，然后就是一群人在追着一个戴着蓝色头巾的男人，而农庄的保安则围着另一穿黑西装的人。

"我们没有恶意，我们只是想抓住逃跑的人！"被保安围住的人继续说。

"有一群中国人突然闯了进来说要抓人，现在我们已经控制住他们。"那人毕恭毕敬地回答。

"请原谅我们的鲁莽，我们不是有意冒犯。"悦耳的男子声音传了过来，真是……好熟悉！

我忍不住朝着说话的人看去，顿时惊愕地捂住了嘴巴，果然、果然是轩逸欣！只是他的打扮和以往截然不同，一身黑色西装，表情凝重。

"老先生，我……小雅？你怎么会在这里！"轩逸欣显然也看到了我，他一下子冲了上来，激动地看着我问。

我往太爷爷身后缩了缩，低下头脸颊通红，怎么说也是我不告而别，此时此刻难免心虚："我……我当然可以在这里，这是我太爷爷的酒庄。"我小声说。

"小雅，你们认识？"太爷爷皱了皱眉头看着我问。

"那个，我们是同学，我想这中间是有什么误会吧。"我看着太爷爷说。

太爷爷挥了挥手，那群保安立刻散去。

几个黑衣劲装打扮的人围在轩逸欣的身后，轩逸欣回头淡淡地说："你们都出去，这是我朋友的地方。"

"少爷，抓到了。"另外一批人抓着那个戴蓝色头巾的男人过来跟轩逸欣禀告。

"先带他回酒店。"轩逸欣瞪了那男人一眼，他的表情很凶狠，是我从来都没见过的模样，我突然觉得这样的轩逸欣很陌生。

"太爷爷，真是对不起！"轩逸欣转回身时，脸上已经挂满了愧疚，他深深弯下了腰。

"喂，你喊什么太爷爷啊，他是我太爷爷又不是你的。"我嘟着嘴反驳，心里充满了忐忑。

"你这丫头，怎么这么没礼貌，既然是你的朋友，喊我一声太爷爷怎么了，不知道这位同学怎么称呼啊？"太爷爷摸了摸我的手背笑眯眯地说。

"太爷爷，我叫轩逸欣，我和小雅不仅是同学，还是很好的朋友，

第二章

我不想伤害她，也不想被伤害！

我不知道小雅为什么突然休学，但是，说实话，我来这里是为了一件私事，我不知道会在这里遇到小雅。小雅，你为什么突然不告而别？"轩逸欣的表情很诚恳，语气带着点悲伤，说得好像我抛弃了他一样，最后他那双明亮如星的眼睛可怜兮兮地看着我，似乎在等我的回答。

"这个，天色也不早啦，我们也该回家了吧。"我眨了眨眼睛，决定转移话题。

"远来是客，如果逸欣没什么要紧事，就一起去我家用个晚餐如何？"太爷爷慈爱地看着轩逸欣说。

"谢谢太爷爷，我真是受宠若惊！"轩逸欣一副很开心的表情。

不要啊！我在心里哀号，本来见面就够尴尬的了，还要一起吃饭！太爷爷肯定误会了什么！

（三）

一路上，轩逸欣和太爷爷相谈甚欢，反而把我这个亲太孙女扔在一边不管不问。我默默看着车窗外的风景，嘟着嘴表达着自己的不满，到了家之后，太爷爷借口去准备晚餐，将我和轩逸欣留在客厅里。

"轩逸欣，你到底为什么会出现在这里？你抓的人是谁？"我挑眉看着轩逸欣问。

轩逸欣抬起头看着我，那双眼睛充满了悲伤："小雅，我来抓报道我假绯闻的那个记者，我都不知道自己有女朋友，竟然就有铺天盖地的消息传我和女朋友的事，更过分的是，他们还伪造了照片，严重影响了我的生活，我当然要亲自出马揪出那个记者问清楚。"

听到这里，不知道为什么，我的心里竟然有点小喜悦，是一种松了口气的喜悦，之前的种种郁闷全部消失不见了，我的嘴角忍不住露出微笑。再看轩逸欣时，心情也不一样了，他还是那么帅啊，正装打扮的他多了一丝成熟。等等，安诗雅安诗雅，你在发花痴吗？我拍了拍自己的脸让自己恢复镇定，然后又不由笑道："这么说，你没女朋友，只是被人摆了一道？"

"是啊，居然有人敢黑我，真是太过分了。小雅，你是因为这个才突然休学的吗？"轩逸欣突然靠近我，他可怜兮兮的表情突然变得充满了期待，一双黑如点漆的眼睛仿佛在放电。

"啊……"我往后一退倒在沙发上，太丢脸了，我赶紧站好，"那个，不是啊，我只是突然想念我的太爷爷，然后就来啦！"打死也不能承认，不然不就等于承认了我喜欢他了。

只是，我突然想到绝版游戏！我竟然就这样退出了游戏！我陷入了万分的自责中！呜呜，我太草率了，这一点都不像我的个性，我都没搞清楚就退出了比赛！这比得最低分还让我难过！

"小雅，你不舒服？你怎么了？"轩逸欣瞪大眼睛看着一脸悲愤纠结和后悔的我问。

"没事，呜呜，我只是在心痛我错过的东西。"我无力地瘫坐在沙发上抱着抱枕。

"你错过什么了？"轩逸欣一脸好奇地看着我问。

突然，我的手机传来了微信提示音，我赶紧打开微信看了下，是荣耀客服小美的微信，我点开内容查看："亲爱的VIP用户，虽然您退出了恋爱攻略游戏，但是作为VIP用户，可以继续这个游戏，如果您有这个需要，请点击再次开通。"

"太棒啦！"我兴奋地大喊道，立刻点击了开通，然后就顺利进入了游戏系统，看到之前的成绩都还在，我终于安心了，"真是变态的游戏，变态的游戏老板，难道是没人帮他测试？"我开心地喃喃自语。

"你在说什么啊？"轩逸欣皱着眉看着我，他肯定很不理解为什么我突然这么兴奋，我可不能让他知道！

"哎呀，晚饭怎么还没准备好，你是客人嘛，我去厨房看看！"我找了个借口就准备开溜。

"小雅，我是第一次来澳洲，既然现在事情解决了，你可以抽空陪我逛逛吗？"轩逸欣拉住我说。

"好啊，反正小雅也没什么事情，你们明天就出去逛逛呗，过来吃饭吧。"太爷爷不知道从哪里冒出来回答道。

"太爷爷，你怎么知道我没事情！"我插着腰气呼呼地说，怎么就这样把我卖了！

"你这丫头能有什么事？陪逸欣逛逛呗，逸欣，我让厨房准备了澳洲最好吃的牛排，快过来尝尝！"太爷爷热情地招呼轩逸欣，完全忽略了我。

"谢谢太爷爷，谢谢小雅！"轩逸欣志得意满地冲着我眨了下眼睛，那表情有一丝狡黠，却让我的心跳加快了好多。

"喂，太爷爷你偏心，我来的时候你都没这么热情！"我迅速跑到餐桌旁坐下，然后拿着刀叉准备大吃一顿。

"小雅，客人还没动，你怎么这么没礼貌。逸欣啊，我这个太孙女是被我惯坏了。"太爷爷敲了敲我的头说。

"没有啊，我挺喜欢小雅这样的，多自在啊，你们要是把我当客人，我反而不习惯。"轩逸欣挨着太爷爷坐下，动作优雅得像个王子。

讨厌，说什么喜欢我这样的，这样我会害羞的！我低着头用力切着牛排，掩饰着自己的喜悦。

"小雅，我已经切好了，你先吃。"

轩逸欣突然将一盘切成小块的牛排推到我的面前，然后把我面前那盘已经惨不忍睹的牛排端到自己面前。

"逸欣真是体贴啊。"太爷爷很满意地说。

"我只是喜欢大块吃肉的感觉！"我小声反驳，我可真的没有办法把牛排切成这么大小均匀的块状。我抬起头盯着轩逸欣，他慢条斯理地切着牛排，脸上挂着得体的微笑，我想那块牛排在他手里才算是死得其所吧。

吃完晚餐，太爷爷又留轩逸欣喝茶，一直到很晚才派司机送轩逸欣回家。看着轩逸欣离开，我终于发泄出了自己的不满。

"太爷爷，你好像喜欢外人超过我哦。"我不开心地说。

"胡说什么，太爷爷最喜欢的就是你，所以对于你身边的人才要格外认真挑选啊，逸欣这孩子不错，聪明、谦虚，是个好人，而且他的家世也不错。"太爷爷心情很好，红光满面的，"太爷爷觉得他是个值得托付的人。"

"太爷爷，你说什么呢，我跟他就是普通朋友！"我在"普通朋友"四字上加重了发音，然后撒娇似的赖在太爷爷的身上，"你该不会胡乱想想把我托付给别人，就不要我了吧。"

"你这丫头，太爷爷年纪大了，你还小，当然要为你打算，就先从普通朋友开始吧，不过我的太孙女这么漂亮，追的人一定一大把，咱们慢慢挑。"太爷爷摸着我的头发笑着说。

"太爷爷，你越说越过分了，不许再说了，你会长命百岁的！"我红着脸捂住他的嘴不让他继续说下去。

晚上躺在床上，我翻来覆去都睡不着，满脑子都是轩逸欣的模样。初次见面他出现在我视线里的那刻，那么俊美非凡，像天使来到人间，还有医院里呆萌可爱又会装可怜的他，校园里学习成绩超好的学霸样……那一张张脸在我的眼前晃啊晃，让我的心脏不停地剧烈跳动。

"小雅，我喜欢你，我们、我们在一起吧！"轩逸欣突然握着我的手说。

"什么？你喜欢我？你想和我在一起？"我吃惊地看着他。

"是啊，小雅，嫁给我。"轩逸欣单膝跪地，手上拿出一枚闪着光的钻戒，那光芒简直要刺伤我的眼睛。

"哈哈哈，这是真的吗？"我兴奋地拿过钻戒左看右看，不对哦，不能只有戒指吧，我朝着四处看了看，四周是一片白茫茫的，什么都看不到。

"小雅，你喜欢我吗？"轩逸欣充满期待地看着我。

"我……"我刚说到我喜欢你，却突然停住了，等一等，我真的喜欢轩逸欣吗？还是为了游戏接近他？

那现在我在游戏里，还是在现实里？

"小雅，你不喜欢我吗？"跪在地上的轩逸欣表情很落寞，像受伤的王子。

"我不知道……"我扔掉钻戒转身跑开，我真的不知道……

"啊！"当我睁开眼睛的时候，才发现刚才一切都是梦境。我从床上爬起来，太阳刚刚升起，金色的阳光照耀在花园里，一切都显得生机勃勃，走一步看一步吧，想那么多干吗！安诗雅，你要记住，你此刻的任务是赢游戏，其他的，以后再说吧！我拍了拍自己的脸告诉自己。

（四）

轩逸欣来的时间也很早，我和太爷爷刚吃完早餐，他就找上门来了。我无奈之下只好回房换衣服，看着衣柜里满满的衣服我犯了愁，该穿哪件出门呢？是穿的正式点，还是休闲点，是粉嫩点还是大方点？我将衣服收拾出来一套套试穿。

"小雅，你怎么还没换好衣服啊。"太爷爷在外敲门问。

"我在纠结穿哪件嘛。"我打开门看着太爷爷说。

"你啊你，陪普通朋友上街，用得着这么纠结？"太爷爷打趣地看着我说。

我脸一红嘟嘴说："你再这样，我可不出去了。"

"你这丫头，你现在这一身就不错啊，他今天穿得很休闲，你这一身素淡却又很有设计感，而且显得身材很好哦。"太爷爷在我耳边说。

"太爷爷，你说什么呢，那就这一身吧。"我转身看了看镜子里的自己，的确还不错啊，于是换了鞋子就来见轩逸欣。

"小雅，你准备好啦，我们出发吧。"轩逸欣看到我出现立刻站起来，眼睛盯着我看。

"你们出去好好逛，晚点也不要紧。"太爷爷笑呵呵地看着轩逸欣，挥挥手说。

"太爷爷！"我娇嗔地瞪太爷爷一眼，然后和轩逸欣出去了。

"其实澳大利亚也没什么好逛的。"坐在车上我看着车窗外的风景，有些无聊地说。

"跟你在一起，哪里都是风景。"轩逸欣歪着头看着我笑。

"真是……干吗突然说这么肉麻的话！"我嫌弃地瞪他一眼。

澳大利亚的风景很美，尤其是墨尔本，我带他去了菲兹罗花园，这里绿树葱葱鸟语花香，宛如童话世界，我们漫步其中，经常让我有种错觉是走进了安徒生的童话。

轩逸欣一路上的表情都很兴奋："好漂亮啊，真是太漂亮了！"他一路都在赞叹，我都不明白他为什么会这么兴奋。

我们一直走一直走，还去了库克船长的小屋，他好像一点都不会累一样，逛完了这里又要去其他地方。

我们从郊外逛到市区，我终于感觉累了，在广场上找了个椅子坐下，问道："轩逸欣，你都不会累的吗？"

"不会啊，对了，我带的换洗衣服不够，我们再去逛街买衣服吧。"轩逸欣何止不累，反而越逛越精神奕奕。

"我真的走不动了……"我揉着腿说，这时候手机又响了起来，我打开一看，又是游戏系统发来的任务。

"新任务，陪轩逸欣逛街两小时，若多于两小时，可获得奖励分10分！"为什么偏偏此刻发来这种任务啊！

我咬了咬牙，如果能完成任务，我就可以获得10分，那样我就可以在游戏里排名进前三了，那胜利就指日可望了！为了赢，我重新站起来，努力挤出微笑说："轩逸欣，我们继续逛街吧。"

"好啊。"轩逸欣冲我露出一个大大的笑脸，然而我却只想一拳打晕他！

我们从一个商场逛到另一个商场，轩逸欣真是超级挑剔，一会挑剔说这个剪裁不好，一会说那个模样不好，这个嫌太长，那个嫌太短，我觉得女孩子买衣服都没他那么挑剔！也就是因为他长了张帅脸，每个店的店员都笑嘻嘻看着他，抢着为他服务，有几个还问他要电话，真是气人，幸好他都没有理会。

"轩逸欣，我饿了，我们去吃点东西吧。"我真的撑不住了，腿酸疼得快不是自己的了。

"好啊，我们去吃袋鼠肉吧，听说袋鼠肉很好吃。"轩逸欣拿出手机点出一个地址，"这里的袋鼠肉很出名，离这里也不远，走过去也就十五分钟，我们走过去吧！"他说完就开始走。

"喂，你慢一点！"我有气无力地喊道，好歹也顾及下我，我是女孩子嘛！

"你累了，我扶你吧。"轩逸欣走回来，眼神亮闪闪的，然后真的伸出手搂住了我的腰。

"你……"靠在他的怀里还是蛮舒服的，好吧，我就吃点亏好了，"告诉你，我是真的有点累了，才让你占便宜的。"我恶狠狠地说。

"那你自己走啊。"轩逸欣坏笑地看着我。

"哼，还不快走。"我嘟着嘴在他胸口打了一拳。

到达那家袋鼠餐厅的时候，我已经感觉腿不是自己的了，找了个位子就瘫坐下去，决定无论如何不起来了，这时候手机又响了。

"系统提示，本次任务完成度百分之八十，陪轩逸欣逛街时间为一小时五十九分五十七秒，任务得分减半。"

呜呜，我都走得快断气了，居然还没完成任务！还就差了几秒钟！呜呜，我哀号地趴在桌子上，我不服气，是谁设计的这个游戏！我恨死他了！希望他走路走得腿抽筋！

"阿嚏！"轩逸欣突然打了个喷嚏，他揉了揉鼻子说，"好好的怎么突然打喷嚏了。小雅，你点好菜了吗？"

"没有，我没胃口，你随便点。"我趴在桌子上没好气地说，突然手机又响了。

"新任务，照顾轩逸欣一夜，包括帮忙洗漱等，分数不定，这关系到最终好感值哦，加油！"看着新任务，我无力地拿头磕着桌子。什么？居然要照顾他一夜，吃亏吃大了！而且太爷爷那边怎么交代！

"小雅，我们现在离你家很远，如果回去恐怕要凌晨了，要不今晚在酒店住一晚。"轩逸欣突然开口说。

"这……"想反驳他的话被我生生咽下，"当然好啦，凌晨回家还要打扰到他们，可是太爷爷会同意让我在外面过夜吗？"

"就是太爷爷给我发信息说的。"轩逸欣笑得很灿烂，露出了八颗白如雪的牙齿，他摇了摇手机，上面果然是太爷爷的电话。

"太爷爷，你怎么可以这样对我！"我哀号着打通太爷爷的电话。

"丫头，太爷爷年纪大睡眠不好，你在外面睡一夜又不会怎么样，要是那小子敢欺负你，我保证他出不了澳大利亚。"太爷爷说完就挂断了电话，根本不留给我时间申述。真是过分！

我瞪着轩逸欣说："你可不要想着占我便宜！"

"没有、没有，我们开两间房。"轩逸欣立刻抬起双手，一脸无辜地看我。

"哼！"我冷哼一声没有说话，心里却在想着任务，要照顾他一整夜啊？那他睡着了是不是就算过去了？"那倒不用，总统套房就可以。"我阴险地笑着说。

到了预定的酒店，我真想立刻就躺床上睡过去，但是不行，我还要完成任务。于是我来到客厅看着轩逸欣，努力挤出笑容问："累了吧，要不要去洗个澡然后睡觉？"

"不，今晚有球赛，我想通宵看球赛。"轩逸欣很有兴致地笑着说，然后打开了电视机。

忍耐，我握紧拳头提醒自己。然后继续微笑着说："通宵对身体不好哦，先去洗个澡吧，我帮你准备洗漱东西。"

"你先去洗吧，我看完会自己去洗的。"轩逸欣窝在沙发上，丝毫都没有想动的意思。

"那我陪你一起看电视好啦。"我忍着怒气，在他身边坐下。

"你不是很累了吗？"轩逸欣看着我问。

"也不是很累啦，反正我也很久没看过球赛了，你喝水吗？我给你倒水。"我觉得我的眼睛都在喷火，真想往水里放点安眠药！

"小雅，你真是太好啦！"轩逸欣一脸感动地看着我，"我就知道，你对我最好了！"

"那你什么时候会困呢？"我靠在沙发上问他，我实在看不懂球赛欸，那么多人抢一个球。

"不知道，你困就去睡吧。"轩逸欣认真盯着电视机。

"我不困！"我一字一顿地说，然后撕开包薯片开始吃，胖就胖吧，总比睡着了好，我这次一定要赢！

第三章

被晴啦！

（一）

　　轩逸欣的精神还真是好，窝在沙发上一直在认真看电视机，可是我的眼皮已经在打仗了，我本来是坐着的，现在直接歪到了一边，觉得眼前的一切都是模糊的。

　　"小雅，你困了，去睡觉吧。"朦胧中，只觉得一个温柔得像水一样的声音在我耳边说。

　　我倔强地摇着头，却连眼睛睁开都很费力："我不困……"我眨了眨眼睛，最后还是放弃了，"我只是闭上眼睛……我在听……"

　　"小雅，真是个傻丫头。"一声叹息幽幽传入我的耳朵，接着我就感觉落入了一个温暖的怀抱中，软软的、很舒服，我挪了挪身体，找到一个舒服的姿势，然后就陷入梦乡。

　　一整夜似乎都在不停地做梦，我像个睡美人，被英俊的王子温柔对待，他破除万难，来到我被魔鬼困住的城堡，然后温柔地亲吻我如玫瑰花般的唇，然后我就醒了，魔鬼的魔法消失了……画面一转变成一场童话般的婚礼，我穿着雪白的拖地长裙，慢慢走过铺着玫瑰花的地面，在这条路的尽头，站着一身白衣的王子。

"王子……"我甜甜笑着，只是为什么看不清王子的脸呢？他朦朦胧胧如一团白色的影子，我伸出手，向着他走去。

"小雅，我的公主！"王子的声音清澈动人，又很熟悉。

"王子，你是？"我突然停住了，这都是梦啊！我站在原地，望着宫殿般华贵的四周。

"小雅，是我啊！"王子朝着我走来，他的声音越来越近，他的脸越来越清晰，棱角分明的脸，乌黑如墨玉的眼眸，淡粉的唇上是一抹满足的微笑。他慢慢走来，那张脸分明是轩逸欣！他紧紧抱住了我，说："小雅，再也不要离开我了。"

我沉醉在他的怀中，竟然不想醒过来："逸欣……"我喃喃自语，可是突然间，天地都变成了黑色，一个阴郁的声音恶狠狠地说："安诗雅，你的得分为0，你输了，你GAME OVER了！"

"什么？"我大喊一声睁开眼睛，这是哪里？我分明是躺在柔软的床上，我不是在沙发上的吗？

我"腾"一下坐起来，手顺带打翻了床头灯。

"啊，为什么打我？"困意满满的声音伴随着翻身的声音在我旁边响起。

我的表情瞬间僵硬了，嘴角抽搐地看向旁边，轩逸欣半趴在床边的地上正捂着头，刚刚是被台灯砸中了。等等，我们怎么会一起在房间里？我的脑门上写满了问号，我昨天晚上……不是一直在做梦？我努力回想失去意识前的一切，我本来是坐在沙发上吃东西，后来困了，歪在沙发上，然后就似乎跌在了一个怀抱中，接着……我是不是被某人抱了起来……我摸了摸自己的嘴唇，脸一下子就火烧似的红了起来，似乎还被人亲了！

"你给我起来！"我怒气冲冲地伸出脚踢了轩逸欣几下，接着站在床上双手叉腰瞪着他。

轩逸欣在地上翻滚了两下才起来，他坐在地板上睡眼蒙眬地看着我，头发微微翘了起来："你怎么了？都不让人好好睡觉！"

"你……你还说我！你对我做了什么！"我伸出手指着他问。

轩逸欣揉了揉眼睛，面无表情地站起来，双手一摊说："我什么都没做过啊！"他一脸无辜的模样。

"你什么都没做，我怎么会在床上！"我委屈地嘟着嘴巴，"你肯定占了我很多便宜！呜呜，我的清白就这样毁了！"我抓了个枕头抱在怀里开始哭。

"我真的什么都没做啊，昨天看完电视，太困了，就随便找了个地方一躺，没想到跑到你的房间了，但是我是睡在地上的！你肯定是困得连意识都没了。好啦，你别哭了，你饿不饿？我叫早餐吃。"轩逸欣站在我面前，声音温柔了很多。

"呜呜，你欺负我……我怎么会睡着呢？呜呜，白白被你占了便宜，游戏得分也没了，呜呜，我的清白，我的分数！"我趴在床上呜呜咽咽地哀号着。

"哎呀，你在说什么啊？我都听不懂，你的手机好像响了，我去给你拿。"轩逸欣跑出去拿了我的手机进来，对我说，"给你看看，这是什么提示啊？"

"呜呜，还能有什么提示！"我委屈又愤怒地瞪他一眼，然后抢过手机，"什么？"

我擦了擦眼睛，仔细听着手机里弹出的系统提示："恭喜玩家获得九分高分，恭喜玩家进入恋爱攻略游戏名人排行榜第四位！亲要继续加油哦！"

"我居然得了高分？没完成任务也有高分拿啊！"我瞪大眼睛看着游戏排行榜，我跟第三名只差了六分呢！难道是系统出了漏洞？我顿时来了兴致，也顾不上理会轩逸欣，一个人在床上嘿嘿笑了起来。

玩这个游戏这么久，我一直在挫败中，还是第一次得分这么高呢！我一遍遍刷着游戏排名，确定自己没眼花，明明没完成任务，可是得分却这么高，果然是个很变态的游戏。

我笑眯眯跳下床，向着轩逸欣喊："轩逸欣，我要吃海鲜粥、牛排、三明治。你想吃什么随便叫，今天我请你哦！"我心情很好地说完，然后打算去洗漱下。

刚走到卫生间门口，我突然停住了，我低头看了看自己身上的衣服，眼珠转了转，我昨天有换衣服吗？我摸了摸头发，我记得昨天到了房间之后，就在忙活着烧水整理床铺什么的，然后就坐在沙发上陪着轩逸欣看电视了，那……现在我的身上怎么穿着酒店的睡衣？难道是？我瞬间火力值暴涨，向着客厅走去。

"嗯，就这些，不需要其他的了，谢谢你……"轩逸欣打完点餐电话，转过头来看着我，笑眯眯地说，"你怎么还没去洗漱啊，我叫了早餐啦。"

"轩逸欣！"我一字一顿地喊，双手紧紧握成了拳头。

"啊？怎么了？"轩逸欣睁着那双黑白分明的眼睛不解地看着我。

"我的衣服是你换的吗？"我强忍着怒气问。

"啊？衣服？不是你自己换的吗？"轩逸欣睁大眼睛看着我，表情是一副理所当然的样子。

"你这个混蛋！明明是你换了我的衣服！我杀了你！"我大喊一声，朝着轩逸欣扑过去就打。

"救命……误会……我没有！"轩逸欣一边抱着头躲避，一边大喊，"你仔细想想，真的不是我换的，我都不会打蝴蝶结的……"

"误会，就我们两个人，你真以为我失忆了！"我一边追轩逸欣一边愤愤不平地吼，忽然看到镜子里的自己，睡衣上这个独特的蝴蝶结打法，好像真的是我自己系的……难道是我错怪他了？

"对不起……是不是打扰你们了？"突然，一道温润清朗的声音出现在我的耳边,那声音里有满满的笑意,怎么会有人进来?我朝着大门的方向看去,只见一个穿着白色运动服的高大男孩子一手拿着棒球棍一手扶着门,正暧昧地朝着我和轩逸欣笑。他的长相和轩逸欣有一点点相似,都有着剑眉星目,只是他的皮肤是小麦色的,显得热情而阳光。

"你是谁?"我抱着胸没好气地质问着。

"哥哥,我是不是回来得太早了?"那男孩子没有回答我的问题,而是一脸坏笑地看着轩逸欣问。

"胡说什么啊,我来介绍。"轩逸欣清了清嗓子,不满地瞪了那男孩子一眼,然后看着我笑着说,"小雅,这是我的堂弟轩若风,他也住在这间酒店里。"

说完,轩逸欣又看着那男孩子说:"若风,这是我的……好朋友,安诗雅,你可以喊她诗雅姐。"

"切,她看起来都没我大,干吗要喊姐姐?小雅,我可以喊你小雅吗?"轩若风撇撇嘴不理会轩逸欣,进屋放好棒球棍后走到我的身边,朝着我伸出手说,"小雅,你好,我叫轩若风。"

(二)

"若风,怎么没大没小的!"轩逸欣皱了皱眉教训着轩若风。

"人家怎么没大没小了!"我气呼呼看着轩逸欣,"若风,你好,就叫我小雅吧!"我伸出手跟轩若风握了一下。

"你们这是怎么了？我在是不是不方便？"轩若风挑了挑眉，含笑看着我问。

我脸顿时红了起来，不知道该怎么说，真是丢脸啊！我瘪了瘪嘴，一副快要哭出来的样子："轩逸欣他是个大坏蛋！"我有点尴尬又有点气愤地说。

"小雅，这是误会，真的是误会！"轩逸欣走到我身边温柔地说。

"哥，你别说话了，你越说话小雅越生气，来，小雅，有什么事告诉我，我帮你出头，这家酒店的自助餐早餐很有名哦，你去洗漱下，我请你去吃哦。"轩若风一把推开轩逸欣，站在我面前很讨好地笑着说。

我点了点头表示同意，很快地去卫生间洗漱完换好衣服，然后跟着轩若风往外走，看都不看轩逸欣一眼。

"小雅！"轩逸欣小声地喊我。

"哼，不许跟着我们！"我白了轩逸欣一眼，狠狠关上房门。

轩若风含着笑看着我，他笑起来眉眼弯弯的，很明媚的样子。如果说轩逸欣的笑像春天般温柔，他的笑就像夏天般热情，让人心情无端端就好起来了。我们来到自助早餐的大厅，我去找位置，他去拿食物，阳光透过玻璃窗晒进来，让人觉得很舒服，我的怒气终于也平静了一些。

"小雅，其实我也猜到了几分。"轩若风拿着大盘小碟一堆东西回来，然后将食物分门别类放在桌子上，他一边给我夹菜一边轻声说。

"你猜到什么？"我刚吃了一口栗子蛋糕，这一惊讶差点噎着自己，赶紧喝了口果汁润润喉咙，"你可别胡思乱想！"我红着脸说。

轩若风嘿嘿一笑，单手托着腮，大眼睛里有着星星一样的光："其实，我哥有梦游症，根本就不知道自己睡着后会做些什么，但是根据我对他的了解，他睡着之后也干不出什么事，所以……我想，他是不是梦游时做了什么，吓着你了？你放心好了，他梦游时做了什么，他自己都不会记得的。"

"梦游症？"我瞪大眼睛看着他，露出一脸的不可思议，"他有梦游症吗？"

"是啊，他一直都有这个病，小时候我们两个住在一起，我因此受了很多委屈哦！"轩若风摸着自己光滑的下巴，表情夸张，"比如，我们一起睡觉，早上醒来我却发现自己躺在客厅的沙发上，重点是还没穿衣服！然后，我姊姊早上起来看到我那个样子……那个笑啊！"

轩若风一脸委屈地继续说道："她还喊了叔叔起来看我，真丢脸，然后爷爷奶奶也跟着一起笑我！"

"哈哈，那还真是搞笑。"我一想那个场景，也忍不住笑起来。

"还有一次，我睡得正熟的时候，突然觉得有一个人抱住了我，我吓得大喊救命。结果一开灯，居然是睡得正香的哥哥，他闭着眼睛在我身上摸了一遍，往地上一躺就睡过去了。吓得我要命，又不得不把他挪到床上，累得半死。他早上起来还抱怨我这么大的人了还要找他一起睡觉，明明是他摸黑来找我的呀！"轩若风咬着吸管不服气地说。

"真的吗？他做了这么多事啊！"我一边吃着一边看着轩若风问。这么说，昨天晚上会跑到我房间，都是因为梦游咯？

"都是真的，我们家的人都知道哦，他还闹了很多笑话呢，我说给你听！"轩若风好像终于找了倾听者似的，将轩逸欣因为梦游症闹的笑话都一一告诉我。

很多事我听了也是忍俊不禁，很难想到一本正经的轩逸欣睡着之后还会穿女人衣服，尤其是一个人在大马路上跳脱衣舞之类的，我笑得简直合不拢嘴，早上的怒气也随着这些笑话而消失。我安诗雅这么大度的一个人，难道还要跟一个"病人"计较吗？何况，他要是真的不记得，我跟他算账也是没用的！

"小雅，你笑起来真漂亮，就好像天使一样！"轩若风安静地看着我说。

"没有啦，你好夸张，不过你比你哥哥会说话多了。"我摸了摸自己的脸，因为笑得厉害都有点发酸了。

"我说的都是实话，小雅，你真的很漂亮，就像童话里的公主，我刚才拿东西的时候朝着你看过来，阳光打在你的身上，特别的……圣洁……纯真，小雅，我觉得你就是一个很美好的存在！"轩若风滔滔不绝地说着。

"哪有啊！"我都快要不好意思了，我知道自己是很不错啦，但是他说的也太夸张了吧。

"你跟我哥是怎么认识的？"轩若风双眼放光地看着我。

我愣了一下，总不能实话实说吧。我摸了摸头发，找了个理由说："我们是同学啊，所以就认识了，你跟你哥长得有那么一点像，可是性格完全不像，你怎么会在这里啊？来这里上学吗？可是上学也不应该住酒店吧。"我试图转移话题。

"嘿嘿，我们本来也不像啊，我是作为交换生来澳洲读书的，我本身也是帝国学院的学生。不过，我也快要回国了，所以最近几天都住酒店。小雅，我觉得你有点眼熟呢。"轩若风歪着头看我，似乎在思考什么，"我是好像在哪里见过你。"

"怎么可能见过呢，你这么帅，见过的话，我一定记得的嘛！"我笑眯眯地说，然后拍了拍圆滚滚的肚子，"我吃饱了，你呢？要不我们回去吧。"

"哦，好的，不知道我哥现在怎么样了！"轩若风冲着我眨眨眼睛笑着说。

我们回到房间的时候，轩逸欣正无比郁闷地对着早餐发呆，看到我回来，猛地站起来走到我身边，摆出一副可怜兮兮的样子说："小雅，我到底做错什么了，你不要生气嘛。"

"算了，看在你有病的份上，我就不跟你计较了。"我捂着嘴笑道，"你居然有梦游症啊，真是看不出来。"

轩逸欣一时间愣住了，然后瞪着轩若风问："你都说了些什么啊！

小雅，你别听他胡说。”

"哥，我哪里有胡说啊，你还记得你那次大半夜在马路上唱歌跳舞，被人当疯子打的那次吗？"轩若风一脸得意，"你肯定不记得，你第二天醒来就什么都忘了，不是吗？"

"哈哈哈，真是太好玩了，轩逸欣，下次晚上你睡觉的时候，我可是要好好看着你，免得你梦游之后走丢了。"我笑着说。

"好啦，你今天不回家了吗？"轩逸欣突然看着我问。

"咳咳，当然回家，不然我太爷爷要担心我了。"我吐了吐舌头扮了个鬼脸。

"小雅不要走啊，我们才刚刚认识，多玩两天嘛！"轩若风恋恋不舍地抓住我的手。

"放手、放手，别动手动脚的！"轩逸欣一把打掉轩若风的手，"小雅，我跟太爷爷说了，太爷爷让我们再玩两天。"

轩逸欣摇了摇手机："太爷爷说很希望我们玩得开心呢。"

"我这个太爷爷啊，总是出卖自己的太孙女！"我不满地嗔怪，不过，看在有轩若风在，多玩两天也没什么。

轩若风很爱玩，也很爱逛街，有他在就像有个活宝在一样。我跟两个超级大帅哥在一起，似乎走到哪里都能感觉到别人羡慕的目光，虚荣心得到极大满足。澳洲的风景非常漂亮，又有养眼的帅哥一起拍照，我玩起来也觉得过瘾，似乎在澳洲这么久，都没有现在这样开心过。

第三章
被啃啦！

"小雅，我们来拍张合照！"我们站在一栋城堡前，轩若风拉着我拍照。

"喂，明明应该是小雅跟我拍！"轩逸欣撅着嘴插在我和轩若风的中间，他这副模样是在吃醋吗？

"真是小气，三个人一起拍啦！"我拍了拍他的肩膀，笑颜如花，其实这样轻松自在的时光是最好的，也不知道是否是因为轩若风的出现，我整个人都轻松了许多。

轩若风，我们之前真的见过吗？

（三）

凌晨十二点，我轻手轻脚从床上爬起来，然后悄悄走到轩逸欣的房间门口。我轻轻推开门的一角，默默看着沉睡中的轩逸欣，他这两天都没有继续梦游了，害得我每晚都睡不好，连摄影机都准备好了，就打算趁他梦游的时候把他的糗事拍下来。

昏暗的房间里，只透着淡淡的月光，轩逸欣安静的就像个睡王子，他穿着蓝色格子睡衣，领口敞开着露出精致锁骨，月光淡淡地照在他身上，他的眉微微皱着，好像睡得不是很安稳。梦游似乎应该是在睡得很熟的时候才发生的吧，我蹲在屋外默默地想，谁知道此时突然有一只手拍在我肩膀上，吓得我差点失声尖叫，但很快我的嘴巴就被捂住了。

"别怕，是我！"是轩若风！他站在我的背后捂住了我的嘴，然后跟我一样蹲在地上悄悄看着屋内。

"你干吗，吓死我了！吓出心脏病你负责哦！"我拍了拍胸口，一副惊魂未定的模样抱怨着。

轩若风挑了挑眉，嘴角含着一抹坏笑："不做亏心事你怕什么啊！你是在等我哥梦游然后拍下视频吗？"他纤长的手指点了点我怀里抱着的手机。

"胡说什么啊，我只是怕他又梦游到处走，所以来看看他嘛。"我赶紧否定，然后瞪着他问，"他这两天都没梦游哎，梦游症原来不是一睡着就会发生的。"

"当然不是啦，梦游症也是偶发性事件啦，你快点去睡觉吧，女孩子睡太晚会有黑眼圈哦，变老了别人就真的以为你是我姐姐了。"轩若风拍了拍我的脑袋。

"我这么青春洋溢，才不怕熬夜，怎么看我都比你小好不好！"我嘟着嘴反驳。

"好啦，小妹妹，快去睡觉吧，你该不会要这样守着他一夜吧，难道，你暗恋他吗？"轩若风瞪大眼睛看着我，一脸的不可思议。

"胡说什么啊，我怎么会暗恋他呢，神经病啊！"我猛地站起来，却因为站得太猛而有点头发晕。

轩若风眼疾手快地站起来扶住我："你没事吧，蹲太久了吧，我扶你回房间，你也真是的，大半夜不睡觉盯着我哥。"

"谢谢，我只是有点好奇嘛。"我的脚的确有点酸麻，便由着轩若风送我回房间。这几天轩若风干脆也搬进了总统套房，反正套房里房间多，我们三个人住一起也可以彼此有个照应。

"我觉得你暗恋也应该暗恋我，你不觉得我比我哥帅多了吗？"轩若风将我扶进房间后，很自恋地摸着脸问我。

"哈哈哈，你跟你哥有一点特别像，就是超级自恋！"我忍不住大笑，"对了，你怎么这么晚还没睡？"

"我玩游戏玩得忘记了时间，有点渴就出来倒水喝，然后看到你鬼鬼祟祟地在偷窥我哥。"轩若风笑着说。

"什么偷窥，那叫关心，不许告诉你哥，听到没？不然我就和你绝交！"我做出一个大大的比叉手势。

"OK，不说，这是我们两个人的小秘密！"轩若风两根手指划过嘴角，做出拉拉链的姿势。

"我也很爱玩游戏，你哥是个游戏白痴，没想到你会爱玩游戏，我们改天可以一起玩啊。"我坐在床上看着他，想起系统任务让我教轩逸欣打游戏就忍不住笑起来。

"好啊，真的很晚了，你早点睡觉吧。我也要回去睡觉啦，明天早上见，哦不，准确说是今天早上见！"轩若风细心地帮我关好灯，看着我躺下才走出去帮我关好门。

我躺在柔软的床上，很快就进入了睡眠。这一夜无梦，睡得格外舒服。早上起来的时候，太阳正透过窗户暖暖的晒在我的被子上，我伸了个懒腰爬起来，打开窗户，呼吸着带着花香的新鲜空气，觉得心情格外美好。

轩逸欣和轩若风都还没起床，我突然来了兴致，换上衣服跑出去晨跑，顺便帮他们买早餐，等他们醒来发现有热乎乎的早餐吃，一定很感动吧！我美滋滋地想着，澳洲这边的早餐选择性不如国内多，我沿着种满绿植的街道转了好久，才买来烟熏火腿蛋三明治、黑松露芝士蛋挞、浆果烤松饼、咖啡等食物，我提着满满的购物袋回到房间，轩逸欣正在洗漱，看到我的时候大吃一惊。

"我没看错吧，你这么早跑出去给我们买早餐？好丰富啊，花了不少钱吧！今天心情超好？"轩逸欣将食物一点点拿出购物袋，他才洗完澡，身上有好闻的柠檬香。

"嘿嘿，是啊，睡得好心情就比较好啦，轩若风还没起吗？他这个大懒虫！你先吃，我去喊他！"我笑容满面地去轩若风房间敲门。

"对付他啊，敲门不管用，你直接进去就可以了。"轩逸欣坐在餐桌旁吃着三明治，冲着我做出一脚踢开门的动作。

我冲着轩逸欣吐了吐舌头，轻轻推开门，轩若风一脸笑容地躺在床上，似乎做着什么美梦，他真的很爱笑，无时无刻都是这么阳光肆意的模样，真好。我蹑手蹑脚走到床边，本来想吓他一下，可是看着他这么阳光的笑脸，我有点不好意思打扰他。这时候他的手机突然震动了下，

然后跳出一则信息："恋爱攻略玩家任务提醒……"手机屏幕的光一闪而过。

我的心里猛地一跳："恋爱攻略游戏？不会这么巧吧，他也在玩这个游戏？"我纠结地看着他的手机，我可从来没有翻人家手机的习惯，虽然很想知道，但……还是算了吧，找个机会再问他吧。

"啊，小雅！"轩若风惊呼一声坐起来看着我喊。

我被吓了一跳往后倒退几步："你喊什么啊！我是来喊你起床的！早餐都快要凉了！或者快要被轩逸欣吃光了！"我拍着胸口冲着他吼。

轩若风打了个哈欠，嘟着嘴一脸无辜看着我说："那你怎么不出声，干吗一声不吭站在我床前，难道我睡觉的模样太好看，让你看入迷了？"他的眼睛亮晶晶。

"自恋狂，我先出去了，你赶快过来！"我脸一红，迅速转身离开了他的房间。

"你的脸好红啊。"轩逸欣看着我说，他好像有点不开心，脸上连一丝笑意都没有，看着我的眼神有点冷冷的审视的感觉。

"哪有啊，我跑了这么久买东西，当然脸红啦，我去洗澡，你们慢用餐。"我摸了摸发烫的脸跑回房间，轩逸欣的态度让我感觉不舒服，但是、但是为什么我有一点隐隐的喜悦呢？他不会真的在吃醋吧？

当我洗完澡出来的时候，客厅里只有轩若风了，"轩逸欣去哪里了？"我好奇地问。

"我哥说有点事，先离开一下。"轩若风喝着咖啡坐在沙发上，神情很专注地盯着面前的笔记本。

"你在干吗？"我走过去在他身边坐下，看到他在玩一款荣耀新出的网络游戏，"这款游戏我也在玩呢，你在哪个区啊？"

"我在第九区，你呢？"轩若风放下咖啡，纤长的手指翻飞在键盘上，接连放出几个大招。

"看不出你还挺厉害的，我之前都是在第八区玩，下次可以一起打怪，看你水平这么高，应该有排名的吧。"我用一种欣赏的表情看着他的游戏界面，看厉害的人玩游戏就是一种享受！

"还好吧，最新的排行榜里，我排第二，我不是很迷游戏啦，没事时才会玩一下。"轩若风笑眯眯看着我解释。

"排行榜第二名……"我低下头喃喃自语，然后抬起头盯着屏幕左下角显示的角色名字，"流星若闪……你是流星若闪！"我惊叫道。

"哈哈，这么激动干吗？"轩若风很得意地冲着我眨了下眼睛，"也就是在几个游戏里排名都在前五而已嘛。"

他的表情很兴奋，转头问："你在游戏里的名字是什么啊？"

我也眨了眨眼睛，露出一个意味深长的笑容："我的名字比较简单，我叫雅女王……"

"什么？"轩若风满脸的不相信，他激动地站起来，还碰倒了咖啡杯，幸好里面的咖啡已经喝完了，不然还要打扫。

"怎么了，不相信吗？"我抱着胸淡然自若地看着他，我真的是个超级简单的人，在游戏里就直接用了自己名字的一个字。

"雅女王殿下，居然是你啊！常年霸占各大游戏排行榜榜首，即使不是榜首也必然是在前三的雅女王！"轩若风手指颤抖地指着我说。

我撩了撩头发，忍住笑看着他点头："没错，就是我！"

（四）

轩若风一脸激动的表情，在我面前走来走去："雅女王居然是你，我居然和雅女王这么近，我一直以为自己很厉害，我唯一佩服的人就是雅女王了！"

"喂，你别这么激动好不好，坐下来，你晃得我头都晕了，我还有事要问你呢。"我拍了拍身边的沙发。

"遵命，雅女王殿下。"轩若风安静下来，朝着我行了一个军礼，然后满眼都是星星地看着我坐下来。

"你还有在玩什么游戏？荣耀的游戏都很不错哎。"我喝了口水，装作很感兴趣的模样看他的游戏界面。

"也没什么啦，就是一些普通游戏，你要看吗？"轩若风献宝似的打开他的游戏栏给我看，"顺便指点一下我呗。"

"指点不敢当，你的排名也都很厉害嘛，我们可以一起探讨……"我的眼睛一点点搜寻，终于找到了感兴趣的那一个，"恋爱攻略，你一个大男生还玩这种游戏啊！"我指着恋爱攻略的游戏惊叫道。

"这个游戏是荣耀新出的，是专供VIP的哦，而且还是限制人数的，对了，你不是荣耀的VIP吗，你没收到这个游戏的通知吗？"轩若风有点害羞地说。

"没有啊，我对这种游戏向来没参与的兴趣啦。"我眨了眨眼睛笑着说，幸好我玩这个游戏的时候用的是自己的小号"安之若素"，不然此时此刻可要露馅了。他怎么说也是轩逸欣的堂弟，肯定会向着他哥哥的，如果他知道我接近他哥哥是为了赢这场游戏，说不定会让他哥哥远离我。

"其实，我原本也不感兴趣，可是这个游戏不是你想的那种网上攻略游戏，这是真实的哦！这个游戏设定还是蛮有意思的，而且奖品超级好，是绝版的战神归来，我主要是为了奖品啦。"轩若风滔滔不绝地讲着，"战神归来很多玩家都喜欢，可是现在都找不到啦。"

"真的是很棒的奖品耶，我也想玩，你要是赢了可一定要借给我玩玩啊。"我装作兴奋的样子，问，"你的排名这样高，你是不是经验很丰富啊？"

在这个恋爱攻略游戏里，排名在我之前的第三名就是"流星若闪"！真是没想到，居然会这样巧。

"这个，没有啦，我只是为了奖品嘛，我们别聊这个啦，要不要一起打一局。"轩若风关上了界面，兴冲冲看着我说。

"好啊！"我去前台借了台笔记本回来，决定好好跟轩若风一起大杀四方。自从来了澳洲，我就没有好好组队玩过游戏了。

这次玩游戏的时候，真有飞一般的感觉，和强队友组队的感觉就是不一样，而且因为现实中在一起，我们也超级有默契，连游戏里的人都说我们是强强联手。

随着分数不停提高，我和轩若风兴奋地大喊起来，最后一局打完之后，我们很默契地击了个掌。

"你们什么时候这么要好了？"轩逸欣正巧刚回来看到这一幕，站在门口神色有点不悦地问。

"我们一直很要好啊，你去哪了，出去这么久？"我关上电脑站起来，活动了下筋骨。

"我还以为你们不希望我回来呢。我们出去吃东西吧，你饿不饿？"轩逸欣瞪了轩若风一眼，看向我的时候又变得温柔起来。

"好啊，我们三个一起去吃袋鼠肉吧。"我兴高采烈地说，"轩若风，你最喜欢黑胡椒味道的吧！"

"是啊是啊，我很喜欢黑胡椒，你好细心哦。我记得你最喜欢吃草莓冰激凌，吃完饭我们一起吃。"轩若风也很高兴。

除了轩逸欣有点不开心的样子，我和轩若风都胃口很好，吃完饭又去吃冰激凌，然后跑到游乐场去玩，轩若风真的是个很好的玩伴，而且我觉得我和他越来越合拍了。我们经常一起玩游戏，一起组队打BOSS，不知不觉几天又过去了。

又是一天清晨，我正在吃早餐，轩若风抱着日历本在一旁哀号："啊！过段时间我就要回帝国学院上课了。"他的神情有一点失落，"要上学了就不能这样疯玩了。"

"哎呀，干吗那么沮丧，上课也不错啊，身为学生，上课才是正事嘛。我也玩了很久了，要不然我们一起回去吧，这样还可以有个伴。"我拍拍他的肩膀笑着说。

"当然好啦，那我们就又可以一起玩游戏啦！"轩若风顿时又开心起来，看着我手舞足蹈地说，"我们可以一起上学，一起放学，周末还可以一起玩。"

"嗯嗯，好啊。"我点着头看着他说。

"小雅，我们回去看看太爷爷吧，我给他买了一些补品。"轩逸欣突然拎着一袋子保健品从外面进来说。

"对哦，这几天玩得太开心，都差点把这事忘了。"我拍了拍自己的脑袋，"若风要一起去吗？"

轩若风刚想说话，轩逸欣突然插话说："他就不要去了吧，若风，你学校里的事情都处理完了吗？交接什么的，你也该去收尾吧。"

"老哥你真是爱唠叨，知道啦，你们去吧，我今天回学校。"轩若风举手做投降样。

轩逸欣一路上都有点闷闷的，似乎不太开心，他忧郁地看着车窗外

的风景，淡粉的唇紧紧抿成了一条线。

"你没事吧，不舒服吗？"我关心地看着他问。

"没什么，可能最近休息不太好吧。"轩逸欣冲着我露出一个苍白的微笑。

我看他没什么说话的兴致，就也安静了下来，两个人就这样一路沉默地来到了我家，太爷爷看到我们两个人，眼睛都快笑得眯成缝，连连让琳达准备餐点和饮品。

"太爷爷，你都不关心我吗，就光顾着和轩逸欣聊天！"看着太爷爷和轩逸欣相谈甚欢的模样，我不由有点嫉妒。

"你这丫头，这个醋还吃啊，太爷爷就你一个太孙女，能不疼你？"太爷爷朝着我伸出手，我扑到太爷爷的怀里。

"太爷爷这里又没什么好玩的，你跟着逸欣到处逛逛玩玩也好。你们打算什么时候回国啊？"太爷爷慈祥地看着我们问。

"这个，应该也是最近了，小雅打算什么时候走呢？"轩逸欣询问似的看着我问。

"我都不想回国了，再让我玩两天吧，然后就回去好好学习，好不好？"我撒娇似的看着太爷爷说。

"好，好。"太爷爷满脸都是宠溺地笑，"你想怎样都可以，太爷爷也不会拘束着你。"

我惦记着轩若风还一个人在酒店里，下午的时候就拉着轩逸欣回去，轩逸欣叹了一口气，似乎很多话想说却终究什么也没说。

我的手机突然响了起来，低头一看，原来是系统又来任务了。

"恋爱攻略游戏新任务：明天一早亲自护送轩逸欣回国。"

"不会吧，明天一早，这么赶？能不能商量一下啊！"我为难地喃喃自语。

"明天一早怎么了？"轩逸欣好奇地看我问道。

"明天一早回国会不会太赶了？我突然想起一些急事得回国，我们明天一起回去吧。"我硬着头皮说。

"好啊，我立刻买机票。"轩逸欣也不问原因，就打开手机开始订机票。

"那个，轩若风要跟我们一起吗？"我有点纠结地问。

"只有两张票了，我买好啦，他该走的时候会自己走啦。"轩逸欣笑眯眯看着我说。

我无奈地点了点头，虽然觉得不好意思，但是没办法，轩若风，只能留你一个人在酒店了。

第四章

全校的人都不相信男神和她无关

（一）

因为第二天一早就要回国，我不得不改变路线回家陪太爷爷度过在澳洲的最后一晚，轩逸欣亲自送我回家，然后就去忙他的事情去了。

我看着头发花白的太爷爷，心中充满了愧疚，好不容易回来一次，却都没有好好陪他几天，这么匆忙就要走了。

"小雅啊，你不用担心太爷爷，你好太爷爷就好，太爷爷身体硬朗着呢。"太爷爷应该是看出了我的不舍，故意笑哈哈地看着我说，还对着我展示了下他硬朗的身体，做了几个俯卧撑。

"太爷爷，您可悠着点，我可只有您能依靠啊。"我撒娇地扶起太爷爷，将他扶到沙发上坐好，然后赖在他的身边。

"你这丫头命苦，唉，是我们整个家族都命苦，但是，丫头啊，太爷爷希望你这一代可以好好的。答应太爷爷，不要因为长辈们的事影响自己，轩逸欣这孩子，太爷爷看着就不错。"太爷爷慈爱地摸着我的头发柔声说。

第四章
全校的人都不相信男神和她无关

"太爷爷，你说什么呢！"我不由脸色绯红，想到轩逸欣，其实我现在也很迷茫，我对他是有好感，但是我不确定那好感是什么。也许单纯就因为他是系统选定的男主角呢？我只是在做游戏啊，我会真心喜欢上他吗？如果他知道这一切都是游戏，又会怎么对我呢？

"你也不小了，如果能有个靠谱的人陪着你，太爷爷也能放心点，你一个人在国内，就算有洛隐在，他也终究只是个保镖。"太爷爷叹了一口气，"如果你父母能……"他欲言又止，布满皱纹的脸上是一抹心酸的笑。

我心里也忍不住有点难过，可是不愿让太爷爷担心，硬是扯出一个明媚笑脸说："太爷爷，洛隐在咱们家这么久，怎么能只是个保镖呢？我可是把他当亲哥哥看待的，我知道，你也看中他，嘴里说着他是保镖，那怎么把国内的公司全部交给他管理？"

"嘿嘿，洛隐这小子，的确争气，当年我从孤儿院一眼就挑中了他，你父母离家久了，也各自有各自的事业，太爷爷的事业，本该全给你，但是你也说了洛隐不是外人，自然也要分他一点。"

"好啊，我也不是做生意的料，有洛隐在，我也放心，我就希望一辈子在您身边当个小公主。"我卖萌地说道。

"你永远是太爷爷的小公主。"太爷爷将我搂在怀里。

我的手机突然不合时宜地响了起来，我看了眼号码，是轩若风。他一定知道了我明天一早就要走的消息，我按下了接听键。

"小雅，你们怎么明天一早就走啊，这么匆忙！"轩若风急躁的声音差点震疼了我的耳朵。

"这个，我临时有点急事嘛，你不是也快回国了吗？到时候我们在帝国学院再见啊。"我不好意思地说。

"那你晚上也不回来了，明天一早就走，那我们连告别都没时间了。"轩若风的声音充满着失落。

"我想陪会儿太爷爷，再说，我们以后有的是时间见啊。"我温柔地说，希望他能理解。

"那我明天一早就去找你吧，送你们上机好不好？"轩若风不依不饶地说，"我要是不和你告别一下，会难过死的！"

"那，好吧，不过我们是早上九点的飞机，你要是过来找我的话，不是要凌晨四五点就要起来了？"我皱了皱眉，想了下两边路程，"你哥今晚还去找你吗？"

"我哥今晚也不来了，不要紧，你把你家地址发给我，明早见。"轩若风果断地说，然后就挂了电话。

我只能将家里地址发到他的手机上，轩若风真是很热情的一个人，只是……我的目标任务是他的堂兄轩逸欣啊！我揉了揉脑袋，阻止自己胡思乱想，我可是个很专一的人，再说啦，人家只是把我当好朋友，我可不能像那些玛丽苏女主一样幻想连连！

也许是因为最后一晚住在太爷爷的家里，我睡得不是很安稳，床铺很柔软，我却翻来覆去睡不着。我干脆爬起来，坐在窗边看窗外的星空。澳洲的空气很清新干净，夜空也格外美丽，星星像钻石一样铺在墨蓝色的天空上，这么好的夜景，回国可就很难看到了。

我也不知道看了多久，直到眼皮开始打架，才跌跌撞撞躺倒床上睡过去。才睡着没多久，就听到了手机闹铃的声音，我恋恋不舍从床上爬起来，镜中的自己是一副睡眠不足的国宝模样，我洗了脸化了点妆才显得气色好点。等我收拾好走出房间，才发现轩若风已经来了，正和太爷爷聊得开心。

"太爷爷早，轩若风，你这么早就来啦。"我打了个哈欠，有点吃惊地说。

"我想着要送你嘛，就早点过来了。"轩若风看到我问，有点不好意思，脸颊微微泛红。

"若风说不想吵醒你，就陪着我这个老人家喝了一会儿茶。你快去吃饭吧，逸欣马上就来接你了。"太爷爷坐在沙发上看着我说，他的面前摆放着一套古色古香的茶具，冉冉轻烟飘荡。

"知道啦，行李已经准备好了。"我边说边走到厨房旁边的餐厅中，看到琳达给我准备了一桌子的美食，顿时很感动，"谢谢琳达。"

"小姐太客气了，多吃点。"琳达依然在厨房里忙活着，只探出头含笑看我一眼。

我慢慢地享用完一桌子的早餐，肚子都快要撑破了，我揉着肚子回到客厅："太爷爷，我感觉一天都不用再吃饭了。"

"你呀，就是贪吃，过来喝点普洱消消食。"太爷爷给我端了一杯普洱茶。

我才喝了一杯，就听到门铃响，看了看时间就知道是轩逸欣来接我了。轩逸欣今天穿着也很正式，他本来笑容满面的，可是看到轩若风也在，那笑容瞬间就有点僵硬了："你怎么也来了？"他看着轩若风问。

"我想送送你们嘛，尤其是小雅，才认识就要分开啦。"轩若风站在我的旁边冲轩逸欣笑着说。

"你们都对小雅很好，小雅有你们两个朋友是她的幸运，轩家的孩子都不错，你们兄弟俩的关系也一定很好吧？"太爷爷看着轩逸欣慈爱地笑着说。

"是啊，我们虽然是堂兄弟，但是关系就像亲兄弟一样，我们都很关心小雅。小雅，时间差不多了，我们该走了，太爷爷，我们下次再来看您。"轩逸欣很认真地看着太爷爷，承诺道，"我一定会好好照顾小雅的。"

"太爷爷相信你会照顾好小雅的。"太爷爷拍了拍他的肩膀。

第四章
全校的人都不相信男神和她无关

轩逸欣帮我拿着行李走出别墅，我冲太爷爷摆了摆手，太爷爷笑呵呵转身走了回去，我看着他的背影鼻子不由一酸，眼泪在眼眶里打转。

"我们还会回来的，等过段时间，我再陪你回来。"轩逸欣在我身边安慰地说。

"我也会常来看望太爷爷的，你放心好啦。"轩若风笑嘻嘻地说。

我终于稳定了下情绪，坐上了汽车，一路无言到机场。我总觉得气氛有点诡异，我坐在轩逸欣和轩若风的中间，感觉有种莫名的尴尬感。

"小雅，你可千万不要忘了我啊。"在机场里，轩若风可怜兮兮地看着我说。

"怎么会呢？我怎么会忘了你呢？"我不可思议地瞪大眼睛，"我已经把你当好朋友啦！"

"嗯嗯，那就好，小雅，我们要经常联系哦，国际长途不方便，我们还有MSN，微信，邮箱，QQ……"

"好了，时间到了，我们进去吧。"轩逸欣打断了轩若风的滔滔不绝，拉着我头也不回地进了候机室。

"喂，还有时间啊，若风，再见啊！"我一边被轩逸欣拉着，一边回头看着轩若风摆手。

（二）

"要不要这么依依不舍啊。"轩逸欣板着脸，似乎心情很不好，他闷不作声地坐在我身边。

"你怎么了？他可是你弟弟啊，你怎么都不热情点。"我嘟着嘴表示着不满。

"是啊，他是我弟弟我都不紧张，你倒是很舍不得啊。"轩逸欣歪着头看我一眼，他黑如墨玉的眼睛里有着我看不懂的表情。

"你这人怎么这样啊，我哪有舍不得……"我低着头小声抗议，不知道为什么，面对着他，我总有种心虚的感觉。

轩逸欣挑了挑眉，嘴唇微动却什么也没说，只是翻开手边的一本杂志不再搭理我，我也低头翻着自己手机里的小说。他这个人真的很莫名其妙，突然就不开心了，突然就不理人了，我做错什么了吗？

上了飞机之后，轩逸欣依然很沉默，他坐在我身边闭上眼睛，那姿态分明是一副生人勿进、我很不爽的样子，我很识趣的在一边安静看书，不能往枪口上撞的道理我还是明白的。

飞机上不能玩手机，我问空姐借了本漫画看，空姐的品位很独特，漫画是超级幼稚的童话类型，公主遇到王子然后相亲相爱在一起，我翻了两眼就看不下去了。我偷偷去看旁边的轩逸欣，他闭着眼睛似乎在熟睡中，长长的睫毛又卷又翘，阳光洒在他的脸上，他光洁的皮肤细致又滑嫩，这个男生，真是好看得让我都自惭形秽啊！我学着他那样闭上眼睛，强迫自己不要继续胡思乱想。

这次的飞行时间感觉特别短，我听到即将降落的消息时，心里冒出好多不舍的情绪，轩逸欣已经醒了，他活动了下手脚，依然没有跟我说话的意思。

从机场出来后，我看到洛隐已经等在门口。

"有人来接你就好了，我先走了，再见。"轩逸欣看到洛隐后跟我说了声再见，然后拿着他的行李很快就离开了，我目瞪口呆地看着他离开的方向，心里生出阵阵郁闷。

"小雅，你怎么了？一副失魂落魄的模样，轩逸欣怎么会和你一起回来？而且怎么走得那么匆忙？"洛隐的问题一个接一个抛出，让我头疼不已。

"这些问题很复杂啊，我解释不来啊。我累了，想休息，送我回家吧。"我将行李往洛隐手里一塞，跟着他走上汽车。

"我还安排了接风宴哎，有你最喜欢的蟹黄豆腐煲，不要吃吗？"洛隐睁着大眼睛好奇地看着我，"还有糖醋排骨、清蒸鲈鱼、红烧兔肉、口水鸡……"

"都说了我想休息。"我没什么兴致地说。突然手机响起，我赶紧拿起来看，这一看我的心情就更不好了，"系统提示，本次任务得分为零分，任务失败啦，亲要继续加油啊。"

"你是和轩逸欣吵架了吗？"洛隐沉默了下问。

"够了，我什么都不想说，送我回家，立刻，马上！"我嘟着嘴说。真是太丢脸了，居然拿了零分，刷新最低记录了，我到底做错了什么，为什么会是零分处理！这个游戏的窍门到底在哪里啊！

洛隐送我回到家之后就被我赶走了，我打开电脑，刷着游戏界面，却提不起一点兴趣。看着那些低分玩家的帖子，我再没不想吐槽他们了，因为我现在也成了一个失败者。

"雅女王，你怎么了？"一起玩游戏的玩家开始给我发信息。

"最近玩了个游戏，没想到一直输。"我百无聊赖地回答，现在我的状态，应该玩什么游戏都会输的吧。

"我们的游戏女王也会输吗？"那边打出无数的问题，"其实，每个游戏都有策略，研究透了策略就不难了，这是你之前教我们的，难道现在忘了吗？"

"策略？"我脑子转了转，对啊，每个游戏都肯定有策略的，哪怕是实战类的恋爱养成游戏，也一定有它的策略和套路。我一直在跟着游戏走，怎么忘记了自己也是要主动去研究游戏的！

"谢谢，我突然醍醐灌顶！下了，最近可能不太常出现，不要想我哦。"我发出几个笑脸退出了游戏界面。

"小雅，我帮你请的假也快到时间啦，你明天就去上学吧。"洛隐在门口敲门喊道。

"知道啦，你是一直没走还是又回来啦？"我打开门看着洛隐问。

"当然是走了一半想起来才回来的，你现在有心情吃饭了吗？"洛隐一副鄙视我的表情，敲着我的头问。

"嗯，走，去吃饭！"我必须要吃饱肚子才有力气想游戏策略。

第二天一早，我背着书包怀着复杂的心情踏入了帝国学院，幸好同学们都不再谈论轩逸欣的绯闻了。我在轩逸欣身边坐下，他冲着我笑了笑，我也就回应一个微笑，然后就安静地上课，下课之后就继续研究"策略"问题。如此几天之后，我已经找了数百个恋爱攻略游戏，将各种经验策略写了小半本本子，现在继续玩这个游戏，我应该不会继续得低分了吧？

"小雅，我的眼睛好像进东西了，你帮我吹一下……"轩逸欣在我的身边，突然声音很温柔地说。

我最近都在忙着找游戏攻略，都忽略了轩逸欣，现在他主动找我说话，让我又惊又喜。我赶紧凑近他的眼睛看了看，他的眼瞳亮晶晶的像夜空中的星星，那长睫毛轻轻颤动，我看得心都不由得怦怦乱跳。

"看不出来啊，我吹看……"我趴下去轻轻吹了几下。

轩逸欣的眼睛眨了眨，似乎蒙了层水汽："好多了，小雅，谢谢你。"他的声音好轻好柔,像春风飘在我的耳边,我的脸霎时就红了。

"小雅,你这个模样好可爱啊。"轩逸欣突然伸出手轻轻摸了下我的脸颊,我顿时有种石化的感觉,他不会吃错药了吧?

我越来越感觉到轩逸欣可能吃错药了,他最近变得好奇怪,总是动不动就眨着那双水晶般的眼瞳看着我,又经常会突然靠近我在我耳边轻声细语的说话。他的衣服领口总是少扣几颗扣子,露出他那精致的锁骨,他更喜欢站在我的身后俯下身来,将我笼在他的怀里似的问我题目,他……他的举动总是让我忍不住脸红心跳,可很快他又没事人一样去做别的事了,让我怀疑是自己在胡思乱想。

"小雅,这种粉色玫瑰花的笔记本,是不是女孩子都喜欢啊?"轩逸欣突然又眨着他那双桃花眼看着我说,修长的手指小心翼翼指着旁边一个女孩子的笔记本。

"还好吧……"我摸了摸额头,心不在焉地回答。

轩逸欣垂下头似乎陷入了沉思中,他额前的碎发垂下来落在眼前,有一种漫画中常见的美少年既视感。

"轩逸欣啊,你最近有点不对劲啊。"我咬了咬嘴唇,还是忍不住问了出来。

"啊?是吗?"轩逸欣突然就笑得眉眼弯弯,然后靠近我的耳朵,用那种温柔如春水的声音在我耳边轻轻说,"不许笑我哦,我打算追求一个女生。"

听到这话，我的心却像跌入了深渊一般，我觉得手脚都凉了，一股酸涩的味道弥漫全身。轩逸欣，他要追求一个女生？他有喜欢的人？

"你没事吧？"轩逸欣握住我的手，"你的手好凉哦，冷吗？"他将我的手放在他的掌心取暖。

我猛地将手抽回，转身离开了教室。我为什么会这么难受？为什么，会有想哭的感觉呢？因为游戏要失败了吗？因为得不到第一名的奖品了吗？我捂着心口跑到花园里坐下来，我无法无视内心的不安。

（三）

"轩逸欣怎么就有喜欢的人了？他怎么就要追求别人了？"我嘟着嘴坐在花园一角，"我是不是真的喜欢上他了？"我盯着一支红艳艳的玫瑰问，脑海里，此时此刻全部是轩逸欣的脸。

初次见面，他从夕阳走来，就像一个耀眼的王子；再次见面，是他在医院里呆萌又任性的模样，他会挑食又会在我强势的目光下，委屈吃下那些对他身体好的蔬菜，他会给我念诗听，会安静看我玩游戏，会为了我去学习那些对他而言高深莫测的游戏……

还有校园里，他对我呵护有加，他会帮我记好笔记、会提醒我写作业、会在流言蜚语乱飞的时刻出来维护我……是啊，当初有人传我们的绯闻，他义正词严地说我们只是好朋友……好朋友……果然只是好朋友！我愤愤地想，难怪他那时候否认得那么坚决，我还以为他是为了保护我，原来是怕他喜欢的女生误会。哼，全是假的！

可是他依然对我那么好，陪着我逛街，给我买好吃的，我为什么会突然逃离这里去澳洲，难道不就是因为他的绯闻？我那时那么生气那么难过，是不是因为那个时候，我就已经动心了？

在澳洲遇到他的时候，我为什么会那么欣喜，知道绯闻是假的时候，我为什么会那么轻松雀跃，因为我那时已经喜欢上轩逸欣了？

我想起澳洲的蓝天白云，想起那些美如画的风景，我们并肩走在诗意的城市里……对轩逸欣，我是真的动心了吧？不是因为游戏，也无关输赢，而是我的心里切切实实是有了轩逸欣的影子，他牵动着我的喜怒哀乐……

"玫瑰啊玫瑰，你不是象征爱情的花吗？你能不能告诉我，我是不是真的喜欢上轩逸欣了？"我捧着脸陷入沉思。

"小雅、小雅你没事吧，你是不是不舒服，我陪你去看医生吧。"轩逸欣很快追了过来，他看着我的表情满是关心。

我想就算我有一点动心，有一点喜欢，也是情有可原吧，毕竟他可是我游戏要攻克的BOSS啊！而且，他只是说想要追，这不是还没在一起嘛，我还是有机会的，安诗雅，你要振作，你要加油！

"我好多了，刚才觉得太闷了，所以才跑出来，我们快回去吧，要上课了。"我努力绽放出一个微笑。

到了放学的时候，系统就又来了新的任务："新任务，帮轩逸欣洗衬衫，成功加6分，任务失败扣5分，亲，要亲手洗哦！"怎么还来扣分的！我不服气地看着系统任务，却也无可奈何。

"轩逸欣，这道题我有点不会哎。"我拉了拉轩逸欣的袖子问，趁着他看题的时候，我将钢笔的墨水挤在了他的衣角，然后装作吃惊地喊，"哎呀，你衣服上怎么都是墨水啊？一定是钢笔漏水！"

"哦，不要紧，我回家洗洗就好。"轩逸欣满不在乎地说。

"那怎么行，墨水干了很难洗的，反正我家就在附近，我给你洗吧，怎么说你也是因为帮我看题才弄脏衣服的。"我扯着他的衬衫不肯放手。

"那，好吧。"轩逸欣皱了皱眉，但很快又满脸微笑地说。

到了家里，轩逸欣脱下衬衫，只穿着外套坐在客厅做题。我在卫生间洗衬衫，其实我还真的不怎么会洗衣服，尤其是这种很贵的料子，丢洗衣机肯定不行，我拿着肥皂搓起来。

"啊！"搓完我就哀号一声，这什么衬衫啊！太脆弱了吧！居然被我搓得烂了一个洞！我明明没有很大力啊！

"小雅，你没事吧，洗不掉就算了，我穿着外套回家也可以，我有很多这种衬衫啦，你不用担心。"轩逸欣关心的声音在门外响起。

我能不担心吗，任务失败可是要扣五分的，本来得分就很低了，再扣下去，我直接要被PASS出局了！我揉着脑袋，安抚自己要淡定、淡定，想一想怎么补救，我看了这么多攻略，肯定有办法的，死马也要当活马医啊！

"你在家里等我一下，很快哦，你不要乱走，饿了冰箱里有吃的。"我冲出卫生间，拿着钱包飞奔出门。

幸好现在时间还早，商场都还开门，我一家家逛过去，想象着轩逸欣穿什么衬衫好看，太商务的不行，太孩子气的也不行……我从一楼逛到四楼，终于看到一家适合的品牌，C&Q的小牌子隐藏在角落里，不仔细看就会错过，可是他家的衣服全部都很独特，每一件都是孤品没有相似的。我在小小的店铺里转了一圈，就看中了一件水蓝渐变的衬衫，那种蓝色就像澳洲的天空，从上往下延伸渐变成纯白色，领口有精致的刺绣，绣着帆船的图形，我想轩逸欣穿上肯定会很好看！

"就要它啦，帮我包起来。"我很果断地说，轩逸欣的身高体型和模特很像，大小应该是不成问题的。

"好的，小姐，是买给男朋友的吗？对方真很幸福，有你这么有品位的女朋友。"导购小姐热情地帮我将衬衫包起来。

我听到她的话，忍不住脸红了起来，心中泛起一股甜蜜。拿着衬衫走出店铺的时候，我都感觉自己被一种粉红色的心情包围着。路过一楼的首饰店时，我眼睛瞥过一枚海豚吊坠，小小的海豚银光闪闪被雕刻得格外细致。我忍不住停下来细看，脑海里想起轩逸欣精致的锁骨，如果他戴上这个海豚一定很漂亮吧？我洗坏了他的衬衫，就当赔偿的礼物送给他吧，我喜滋滋地想着，然后叫店员包起来。

"你是给我买衬衫去了？"轩逸欣看着我提着一袋子东西回家，眼睛亮闪闪带着笑意问。

"是啊，我弄坏了你的衬衫，这是我特意给你选的，你快去试试看合不合适。"我脸色一红，将衬衫拿给轩逸欣说。

轩逸欣去卫生间换上，走出来的时候兴致勃勃地说："太棒了，很合适，我好喜欢，小雅，谢谢你。"轩逸欣在我面前转了个圈，穿上这件衬衫的他就像从电视机里蹦出来的偶像明星，整个人透着俊逸明媚的感觉。

"还有这个项链，送给你，你要是不嫌弃就戴着，如果不喜欢，就随便放哪里吧。"我有点害羞地将海豚项链递给他，一颗心紧张地怦怦直跳。

"小雅，我特别喜欢海豚，海豚是人类的朋友，我们有时间一起去看海豚吧。"轩逸欣很开心地将项链戴上，充满感激地看着我，"小雅，我今天好开心。"

"你喜欢就好啦。"看到他很开心，我的心里也充满着一股难言的幸福和满足感。

"晚上请你吃饭，我们去吃披萨好不好？"轩逸欣拉着我的手问。

"啊，好啊……"

我开心地点头，这一刻，我有一种很奇妙的感觉，感觉我们就像在一起很久了似的。

满足地吃完一顿大餐之后，我们各自回家，我一路上都笑眯眯的，直到晚上躺在床上，我突然想到轩逸欣说想追求一个女孩，那个女孩会不会就是我呢？我嘴角不自觉地上扬状态，我解释不了此刻的开心。

"本次任务成功完成，附加奖励分七分。"系统突然又蹦出了消息，我看完之后更加欢呼雀跃。

看来这并不是一款变态游戏，而是一款很人性化的游戏啊！恋爱攻略，怎么可能只有套路呢！一定要有真心的付出，才会有回报，所以我的动心也是很正常的，如果我没有真心地喜欢，又怎么可能得到轩逸欣的真心呢！

（四）

我转换了心态之后，就觉得一切都不一样了。我对轩逸欣再也不抱着游戏的态度了，我对他好是因为我的真心，我们的关系也比之前更近了一步。"友达以上，恋人未满"，这句话大概就是在形容我们现在的状态。只要再加把力，我感觉胜利已经在朝我招手了！

可是这个世界上往往总是有很多出乎意料之事，我没想到，自己的美梦很快就破碎了……

那是一个很平常的周末，我做完作业玩完游戏开始刷微信朋友圈，突然一张照片出现在我的眼前。照片上的两个人在摩天轮前面搂抱在一起，笑容比天空的阳光还灿烂，我眨了眨眼睛仔细看了看，恨不得能将手机戳出洞洞来。照片上的两个人，分明是轩逸欣，而那个女孩子，分明就是之前的绯闻女主！我继续浏览照片，全部是在游乐场拍的，有两人抱在一起的、有两人在玩游戏的还同吃一个冰激凌的……

那些洋溢着幸福的照片，让我的心情跌入谷底。我嘟着嘴，觉得眼睛开始模糊，难道轩逸欣之前是在骗我？不可能，他不会骗我的！我擦了擦眼泪，告诉自己，安诗雅你不能这么没出息！

朋友圈开始炸锅，关于轩逸欣谈恋爱的消息再次满天飞，而这次更加有鼻子有眼。那个女孩子的名字也被扒出来叫辛纪子，是帝国学院三年级的留级生，也是个很有背景的女生，据说留级不是因为成绩差而是为了等轩逸欣，之前都没透露就是因为忌讳留级生的身份云云。

难道这些也都是假的不成？我按出轩逸欣的电话，拼命稳定着自己的情绪。

"小雅，有事吗？"轩逸欣那边的环境很嘈杂，似乎是在游乐场里，我的心就又冷了几分。

"没事，你在哪里啊？"我克制地问。

"小雅，我在游乐场啊。真是好莫名其妙，今天有个电话约我来游乐场，可是并没有人出现。小雅，你说是不是谁在恶作剧啊？"轩逸欣的声音有着一丝愤愤不平。

恶作剧？我冷笑，真的是恶作剧吗？什么样的恶作剧能让轩逸欣想都不想就去呢！

"你干吗要骗我呢，谈恋爱也不是坏事，作为朋友，我也会为你开心的。"

"你胡说什么啊，什么谈恋爱啊，我干吗要骗你啊？我是真的接到一个电话，对方对我的事情很清楚，我很好奇才来的。可是等到现在，那个人却没出现，小雅你在哪，我现在去找你。"轩逸欣向我解释着。

"是吗？那你自己看看朋友圈吧。"我的手都气得在发抖，按了几次才按下挂断键，然后就倒在沙发上，一脸的生无可恋。我太没用了，情绪这么容易受影响！

轩逸欣应该是直接打车过来的，他在门口猛敲我的门，喊我的名字，不知道的还以为我在家里怎么着了。我本来一肚子气并不打算给他开门，但是让他这样喊下去，估计就会让邻居报警了，我才没好气地打开门瞪他一眼，连话都不想跟他说。

轩逸欣一头都是汗水，身上的白衬衫也已被汗水打湿。他顾不上擦汗冲进屋子，双手握着我的肩膀说："小雅，你相信我，这都是假的！我不知道为什么会有那些照片，这些照片肯定都是PS的。我在游乐场，但是只有我一个人，那个辛纪子什么的，我根本不认识，我不知道为什么有人接二连三地把我们扯到一起，我真的是冤枉的！"他白皙的脸都红了一片。

我低下头，咬着嘴唇，其实看到他这副着急的模样，我心里已经信了大半，毕竟如果是真的，他没必要这么慌张来解释。

"那你觉得，是辛纪子做的吗？大家都说她为了你才留级的。"我酸溜溜地问。

轩逸欣这才放开我，他拿起桌子上的纸巾擦了擦汗，叹气说："我原来也怀疑是辛纪子，可是直到目前，辛纪子都没有主动找过我，也没有出面说过什么，她好像也是个受害者。我已经让人去调查了，相信很快就会有消息，上次是记者八卦，这次不知道又是谁！"

"谁让你轩家大少爷那么招蜂引蝶。"

我扑哧一声笑了出来，然后叹着气打趣他，看着他一脸苦大仇深的表情，我绝对相信他是被人给黑了。

"哼，你还说我呢，你为什么突然那么生气？"轩逸欣突然伸出手将我拉到他的身边，一双乌溜溜的眼睛直直看着我问。

我的脸一红，慌张地推开他说："哪有……我哪有生气……作为你的好朋友，你有女朋友都不告诉我，我能不生气吗？咳咳，既然是误会就算了。"我心虚地说。

轩逸欣的人很快就调查出结果了，这次的始作俑者是辛纪子的朋友S先生，这个S先生一直爱慕辛纪子，但是屡次被辛纪子拒绝。他怀疑辛纪子暗恋轩逸欣，可是跟踪发现辛纪子和轩逸欣其实并无交集，不甘心的S先生为了试探辛纪子的心意，故意炮制了本次绯闻，还PS了两人的合照。

"你真觉得辛纪子是无辜的？"我皱着眉问轩逸欣，两次事件女主角都是她，真的那么巧合？真的只是一个暗恋者的恶作剧？这个恶作剧也太过分了吧，而且对他本身没什么好处啊……

"我的人已经调查过很多次辛纪子，她是很安静的一个人，而且成绩很好，至于留级，是因为生了一场大病，在医院住了一年，和我并没有交集。至于为什么和我传绯闻，谁让我这么帅这么引人注目呢……"轩逸欣开启自恋模式。

"呃，行了，你别自恋了。我暂时相信你。"我做出受不了的呕吐表情。

轩逸欣很正式地发了声明，说自己和辛纪子并不认识，更无任何交集，以及他目前以学业为重不谈感情，最后并且严厉批评了造谣者，说他已经就本次事情诉诸法律，希望大家不要再过多讨论。

我看着很官方的声明，白了轩逸欣一眼，都是他害得我的心七上八下的跟坐过山车似的，我一点也不喜欢这种感觉。

"小雅，你是不是很紧张我的事？"轩逸欣笑眯眯地看着我问。

"紧张个大头鬼啊，我当你是朋友好不好，我不管，罚你带我去游乐场玩。"我敲着他的脑袋嘟囔着。

"遵命！"

轩逸欣似乎心情很好，看着我的眼神也越发温柔，而我只要看到他，脸总是不自觉就烫了起来。

轩逸欣换了件衣服，真的就带着我去游乐场玩了，虽然是夜场很多项目玩不了，但我还是很开心。坐在旋转木马上，我看着眉眼都笑成一团的轩逸欣，心里有种吃了蜜一般的甜美感觉。

"小雅，你笑起来的样子很好看，以后要多笑笑。"轩逸欣很自然地摸了摸我的脸，笑容温柔地说。

我打掉他的手，跑过去排队等过山车，我急需这样刺激的游戏平复一下小鹿乱撞的心。

轩逸欣为难地看着过山车，小声说："换别的玩好不好？"

"不好，我就要玩过山车！"我拉着他的衣袖不让他临阵逃脱，

"你害怕吗？"

"唉，你喜欢，我当然是舍命陪君子了……"轩逸欣咬牙说。

从过山车上下来的时候，轩逸欣站都站不稳了，他不顾形象地往草地上一坐，哀怨地看着我说："小雅，我走不了了，你要对我负责。"

"哈哈，放心，我会陪着你坐到你能走动为止的。"我靠着他坐下，然后抬起头看着夜空。这里的星空没有澳洲那么璀璨，但还是很漂亮，夜风轻轻吹拂，带来花草的清香。

"小雅，我真想一辈子就这样过去了……"轩逸欣的声音低低的，若有似无。

"你说什么？"我扭头去看轩逸欣。

"没什么，小雅，我很开心。"轩逸欣握住了我的手，这次我没有抽回来。

夜空中突然绽放出无数色彩缤纷的焰火，就好像我此刻突然盛放的内心。

第五章

失败的告白

（一）

晚上回到家里的时候，我的心情还是难掩喜悦，只是那喜悦里有着隐隐的担忧。我坐在沙发上，回想着和轩逸欣在一起的时光，嘴角忍不住扬起微笑。

"你怎么这么晚才回家？"一道男人的声音突然闯进我的耳朵。

我猛地站起来看向站在卧室门口的洛隐，捂着胸口说："你要吓死我啊！突然说话，怎么之前都没动静的，也不告诉我一声你要过来。"

"哟，我以前来也没特意告诉过你吧，果然长大了，需要隐私权了是吗？觉得我打扰你了？"洛隐扶着门框，一双滴溜溜的大眼睛似笑非笑地看着我。

我咬了下嘴唇，很快换上一副灿烂笑脸迎上前去："洛隐哥，我知道你对我最好了。"

洛隐差点跌倒，后退一步蹙眉看着我："你想干什么？"

"来来，过来坐。"我拉着洛隐在沙发上坐下来，"洛隐，我最信任的人就是你了，你一直以来都那么保护我，不管我需要什么，你都会替我办到。"

洛隐翻了个大白眼，然后跷着二郎腿，好整以暇地望着我，语带嫌弃地说："说吧，你要我做什么？"

"我想你帮我调查一件事。"我笑眯眯地说，我知道以洛隐的能力，调查这件事完全不成问题，我将轩逸欣的绯闻事件大致说了一下，让他帮我调查一下真相。

洛隐睁大眼睛看着我，表情很严肃："你怀疑这件事另有隐情？交给我吧，明天一定给你个答复。只是，小雅啊，你对那个轩逸欣还挺上心的。"他的嘴角微微勾了勾，笑容却很淡。

我耸了耸肩，装作无所谓地说："哪有啊，我只是担心他被人骗了而已。"说完我低下头看着地面，有一丝心虚，我不仅害怕他被人骗，我更害怕自己被人骗啊！虽然我告诉自己要相信轩逸欣，但是……家族阴影始终在我心头萦绕。

"放心好了，我也不是没接触过轩逸欣那小子，他虽然人不怎么样，但还是不会骗你的，既然你担心，那我会好好调查一下，你早点休息吧，我走了。"洛隐拍了拍我的肩膀，他总是那么了解我。

"洛隐，谢谢你。"我抬起头看着他，发自内心地表示感激。

"好啦，好啦，我知道。"洛隐冲着我比出一个OK的手势，然后帅气地套上外套离开了。

洛隐离开之后，家里就只剩下我一个人，突然无端端感觉寂寞。我窝在沙发里，竟然又想到了轩逸欣，不知道他现在在做什么？安诗雅，你不能再想他了！我拿出笔记本登录游戏界面，玩游戏吧，玩游戏的时候就可以什么都不想了，但是……那些熟悉的游戏并不能提起我的兴趣，我陷入一种忐忑的状态，想给轩逸欣发信息，又不知道该说些什么……这种感觉，是恋爱中会有的吗？

正在我纠结的时候，手机传来信息声，我充满期待地打开手机一看，兴奋的心情就减少了大半，原来不是轩逸欣发来的信息，而是轩若风。他开心地告诉我他下周就要回来了，我也说了很多欢迎他的话，最后他提醒我得早点睡觉，我说我最近有点失眠，轩若风很快发来一段音频，是一首很好听的吉他曲。

"我自己弹的哦，有没有很好听？这是一首我自己编的催眠曲，我睡不着的时候都会听它。现在你听着它去泡个热水澡，再喝一杯热牛奶，然后躺在床上保证你能立马睡着。"轩若风的声音听起来总是那么热情。

我的心情因为他而好了许多，我听话地去泡了个热水澡，然后喝了热牛奶躺在床上，悠然的吉他声在卧室里飘荡，我闭上眼睛，果然陷入了睡眠。

第二天一整天，我都过得心不在焉的，因为我一直在等洛隐，等着他的消息。

"小雅，你没事吧？"轩逸欣担忧地看着我。

"我没事啊。"我冲着他笑了笑，不知道他如果知道我在偷偷调查他会不会生气。

可是我也因为关心他嘛，在不知不觉中，我已经给出了真心，我希望他真的是清白无辜的，希望我们两个人可以很好地在一起……

放学之后，我很迅速地打车回家，然后给洛隐打电话，洛隐当然不会错过这个嘲弄我的机会，说我其他事都没上心云云，就这事可劲地紧张。我耐着性子听他戏弄，终于忍不住发飙："死洛隐，你再不说信不信我告诉太爷爷你欺负我！"

"好啦好啦，我查过了，没问题哦，轩逸欣的确是单身，那个绯闻是假的，那个女孩子应该和轩逸欣连认都不认识，这下你可放心了吧，大小姐，我还要忙，不陪你玩啦。"洛隐匆匆挂断了电话。

真是的！我还没挂电话，他就挂断了，太过分了！不过，我也终于松了口气，轩逸欣真是单身，我就可以继续我的游戏啦，嘿嘿嘿……就在我脑补着怎么征服轩逸欣的时候，系统又给我发布了新任务。

"新任务提醒：向轩逸欣告白，告白成功可加10分。"

这么快就要告白啊！我的心不由自主地加速跳了起来，虽然我们一直关系很好，看起来也就是比普通朋友要好那么一点点，轩逸欣会接受我的告白吗？无数问号出现在我的脑海里，而我竟然又有点期待，安诗雅，你要有点勇气啊！你这么优秀，轩逸欣怎么可能不接受你？

我焦急地在家来回踱步，怎么表白呢？总不能冲过去直接对他说我喜欢你我们在一起吧？太傻了，而且说不定会吓着他，用什么方法能比较自然地表白呢？我开始想偶像剧里那些表白场景。

送他一本书，在书里夹一张表白的卡片？送他一块蛋糕里面塞张纸条？还是送他个镜子，说镜子里的人是我男朋友？似乎都太俗套了，而且可实行性太差。

我是该娇羞地暗示呢，还是大胆地直接说呢？我翻来覆去辗转了一晚上，设想了种种场景，最后决定还是来个最简单的，我亲手做一顿饭，然后趁机表白，不是有句老话说"留住男人的胃，才能留住男人的心"嘛。

下定决心之后我开始搜食谱，还是做西餐吧，一顿简单而浪漫的西餐……只是，我拍了拍脑袋，如果轩逸欣真的只是把我当好朋友，那我这样不是糗大了？我是不是要给自己找条后路呢……

我躺在床上想着想着，最后想得都睡着了，但是我连梦里都是表白的事。

"轩逸欣，我喜欢你，我们交往吧，好不好？"我站在一桌子美食前，无限娇羞地说。

"啊，小雅，我只是当你是朋友，我另有喜欢的人啦。"轩逸欣不可思议地看着我。

呜呜，这个不行，简直是噩梦！

"轩逸欣，我们交往吧，不许说不。"我插着腰，一脸霸道地说。

"好啊,小雅,我一直都很喜欢你哦。"轩逸欣一把抱住了我。

轩逸欣,你知道不知道,我真的喜欢你……我喃喃自语着醒过来时,太阳已经高高升起了。我伸了个懒腰,灵机一动,虽然这个做法有点冒险,但是……还是可以一试,就当是我给自己留的后路,想通了之后,我的情绪还是很高涨的。

"轩逸欣,晚上有没有活动啊?"到了学校之后,我笑眯眯看着轩逸欣问。

轩逸欣连连摇头,微笑着说:"没有啊,你有事要找我吗?"他的眼睛好像星星在发光。

"嗯嗯,我想请你吃顿便饭,我自己做的哦,就在我家,怎么样?"我故意说得云淡风轻。

"可以吃到小雅亲手做的食物,想到就很幸福呢!"轩逸欣表情有点夸张,帅气中还带了满满的萌点。

我脸一红,低头小声说:"那可说定了哦。"他总是让我在手足无措间就乱了心跳。

(二)

好不容易等到放学,我的一颗心都快要跳出胸腔了,我边走边在心里打草稿,想着一会儿的表白。而毫不知情的轩逸欣跟在我的身边笑得一脸阳光灿烂。

"轩逸欣，轩逸欣同学。"突然，一道急促的女声从我们身后传来，我不由回过头去看。一个长相标致，身材也特别棒的女孩子一路小跑着朝着我们过来。她雪白的脸颊泛着可爱的红晕，一头黑色的卷发随风飘逸，她的五官很精致，配着瓜子脸无端端就有一种妩媚的感觉，她一身天蓝色的连衣裙长度只到膝盖，露出又细又长的美腿。

　　"你是？"轩逸欣一脸茫然地问，"我们并不认识吧。"

　　"轩同学，我叫作然熙，是你的学妹。"然熙在我们身前站定，她抚了抚喘息不停的胸口，然后朝着轩逸欣伸出手。

　　轩逸欣皱了皱眉头，满脸疑惑地看着她问："你这是？"

　　我原本激动难平的心情此刻变得极为复杂，也许是女性天生的敏感，让我觉得面前这个叫然熙的女孩子来者不善。那么漂亮的一个女孩子，还有这么一个好听的名字，然后热情洋溢地为轩逸欣而来，不会是在我表白前突然插队表白吧？

　　"其实我们见过多次，但是轩逸欣你真的对我没印象吗？"然熙收回手，眨巴着一双如水的眼睛盯着轩逸欣看，那双楚楚可怜的眼睛中都泛泪光了，"轩逸欣，每一次你都让我印象深刻。"

　　轩逸欣歪着头仔细打量着然熙，我又没来由地有了气，你没看过美女嘛，这么认真盯着人家看！

　　"我好像有点印象，我们是一起参加过奥奇杯比赛吧。"轩逸欣语气淡淡地说。

"没错，不止奥奇杯，还有英语比赛、国学比赛、奥数比赛……轩逸欣，从小到大，我们一起参加了二十三场比赛。每次你都是第一名，我是第二名，我一直想超越你。为了你我拼命学习，为了你我努力考上帝国高中，你知道吗？我做那么多事，不是为了让人家夸我是学霸，只是因为你！"然熙越说越激动，她的脸也如天边晚霞一样红，她的眼睛格外明亮，充满着一种自信的张扬。

"原来是这样，恭喜你，每次都是第二名，你也很厉害啊。然熙……我知道了，你是今年的年级第一名吧。其实，我比你大一届，你跟我比是很吃亏的。"轩逸欣看了我一眼，然后才冲着然熙笑着说。

"我从小到大，只佩服一个人，那就是你！"然熙旁若无人地看着轩逸欣，语气是那么坚定，"我一直在想，如果我有男朋友，或者你有女朋友，那一定是我们彼此！"

我瞪大眼睛看着她，难道就这样要被截和了吗？我的心在咕嘟咕嘟冒酸水。就算你很漂亮又怎么样，就算你是学霸又怎么样，难道就可以这样霸道地跟人表白了吗？

"那个不是然熙女神吗？女神又得了个第一名，明明可以靠脸偏要靠实力，真是让人望尘莫及。"

"然熙女神真是个超级学霸，她在跟轩逸欣学长聊天啊，他们两个真般配啊，简直天造地设的一对，轩逸欣学长也是男神学霸一枚呢。"

因为是在放学的时候，总有些路过的学生会朝我们三个人看来，可是他们窃窃私语都是关于然熙和轩逸欣，我反而像个第三者尴尬地站在一边。

"那个，然熙同学，你是不是想多了？"轩逸欣有点无奈地笑着。

"不，逸欣，我们本来就该是一对，我们就该在一起的！"然熙极为自信地说，"让我们在一起吧，我们才是应该在一起的。"

"然熙同学，我想你是小说或者偶像剧看多了，首先爱情是没有规则的，也是没有办法比较的。而且，爱情这回事吧，没有应不应该一说！你真的很优秀，可是我并不喜欢你，很抱歉。"轩逸欣表情变得很严肃。

然熙后退一步，不可思议地看着轩逸欣，然后又瞥了一眼我："为什么？我配不上你？那你喜欢什么样的？"

"爱情里，没有什么配不上配得上。然熙，你很优秀，你配得上任何人。我不希望你妄自菲薄，但是你必须要明白，不是配得上就要在一起的。爱情有时真的很无厘头，也许你喜欢上的人一点都比不上你，但是你就是喜欢。我喜欢的女孩子……她不需要很优秀，她也不需要很漂亮，只要我喜欢她，她就是站在那里，就可以让我觉得岁月美好……"轩逸欣很轻柔地描述着他梦中的女孩。

我的心就那样猛地沉了下去，他的表情太过温柔，他不是在假设某个女孩子，而是他真的是喜欢上了某个人，不然他不会描述得这么真切而憧憬，梦幻而幸福，但是那个女孩子，似乎并不是我……

第五章
失败的告白

"你……你有喜欢的人了？"然熙颤抖着问，她漂亮的脸此刻变得苍白。

"嗯……是的，所以，我希望你能找到属于你的幸福，忘记什么第一名第二名，什么学霸什么女神，爱情哪里能比较呢？"轩逸欣安慰似的说，他的笑容很真诚。

"我知道了……但是，能不能告诉我，你喜欢的人是谁？"然熙低下头，很快又抬了起来直视着轩逸欣。

我觉得自己的一颗心几乎跳到了嗓子眼，如果轩逸欣说是我……我能感觉到然熙的斜视，我的手心都紧张出了汗。

"我喜欢的女孩子，我等了她很久很久。在我心里，她是独一无二的存在，我刚认识她的时候，就喜欢她了。我相信她也等了我很久，你觉得我厉害，可是在我的眼里，她才是最厉害的，当年……我对她，简直就是仰望的状态。"轩逸欣低下头，声音很轻很轻，他的脸颊罕见地红了。

"我知道了，你在我的世界里是我的第一，可是在你的世界里，我却不是那个第一。不管怎么说，我试过了，还有我不会放弃的，我相信总有一天，我也会让你仰望的！"然熙没有失望，而是很快就又充满了自信。

我的心情跌到了谷底，轩逸欣心中早就有喜欢的人了，那个人不是我。我茫然地站在一边，心里对自己的自作多情充满了鄙视。

然熙没有等到轩逸欣的回答就转身跑开了，也对，像她这样优秀的女孩子，自然知道怎么做才能让自己全身而退，所以我看到轩逸欣的脸上有一丝欣赏的表情。但是我呢？轩逸欣对我呢？如果我表白失败，能这样全身而退吗？也许……我们恐怕连朋友都做不成了吧。

"小雅，你怎么了？刚才的事真是不好意思，我也没想到。"轩逸欣满脸愧疚地看着我，"一会儿到你家，罚我给你打扫卫生吧，还有给你打下手，洗盘子洗碗也都交给我。"

"不用了，其实，今天想约你的人另有其人。"我低下头，极力克制自己的失落。幸好我还有B计划，既然他喜欢的人不是我，也应该就是那个女生了吧，我拿起手机快速拨了一通电话。

"谁要约我啊？"轩逸欣茫然地看着我问。

"你很快就知道了。"我装出一副保密的笑容，"如果……到时候你可要好好感谢我。"我咬了咬嘴唇，明明想哭还是要笑出来。

"哈喽，你们好，对不起，我来晚了。"温柔如水的女声响起。

"是你？辛纪子？"轩逸欣不可思议地问。

"我不是辛纪子，我是辛优子，我是辛纪子的同胞妹妹。我知道我姐之前的绯闻给你造成了很大的困扰，但其实，真正爱慕你的人是我。"辛优子很腼腆地一笑，脸红红的，她弯下腰深深鞠躬，"真的要感谢小雅，给了我这次机会呢。"

辛优子洋娃娃一样的圆眼睛冲着我眨了一下。

"没关系，你们聊吧，我还有事，先走了。"我不敢去看轩逸欣的脸，迅速地跑开了。

（三）

我走在回家的路上，眼泪不由自主流地流下来。辛优子，那个温柔又善良的女孩子，才是真正应该和轩逸欣在一起的吧。我的退路原本是那个绯闻女孩，我想如果有意外，我就说是那个女孩约的他，可是，我却找错了人，找到了辛纪子的妹妹辛优子，没办法，谁让两个人长得一模一样。

"你是辛纪子小姐吗？我是安诗雅，你也可以叫我小雅，我知道您之前和轩逸欣传过绯闻，这件事闹得很不愉快，但其实，你们两个人并不认识的吧？我想提供一个机会，让你们两人在一起说清楚这件事，如果您愿意的话，今天晚上我给您安排时间，如果您真的是爱慕轩逸欣……当然更要趁这个机会讲清楚啦。"几天前，我拉住辛纪子来到花园的僻静处说。

"你好，我并不是辛纪子，我是她的双胞胎妹妹辛优子，我们两个人长得一模一样，很多人都会认错呢。关于那个绯闻，真的是无稽之谈，请你千万不要介意。"辛优子很温柔地说，同时鞠躬道歉。

我没想到会闹这么个乌龙，顿时就愣在那里了，之后不停道歉："真是不好意思，原来你是妹妹优子啊，真是抱歉……"

"没关系，我可以喊你小雅学姐吗？我比你们都低一届，其实呢，我的姐姐……她其实……有点偏执啦，而且她生了一场大病，之后性格也有点……她和轩逸欣学长的绯闻我觉得很抱歉。其实，我也很想找个机会跟轩逸欣学长谈一谈，这次你愿意帮忙，真是太感谢了！"辛优子的表情很真诚。

我反而有点不好意思起来："没关系啦，其实，这个也不是我的主要目的……"

"没关系，不管是因为什么，我都愿意帮助你，因为我相信你是个好人，也相信轩逸欣学长是个好人。"

辛优子笑着说，她的笑容很干净很阳光，让人看着很舒服，无端端就生出信任感。

辛优子给我的感觉，和绯闻照里的辛纪子完全不同。虽然是一模一样的长相，但是那种气质和笑容让我更愿意跟眼前的辛优子交朋友。而且就辛优子对她姐姐有种欲言又止的感觉看，她姐姐得的病还挺奇怪的，不管怎么说，我还是比较庆幸自己找错了人。

回到家里，我闷闷地坐在沙发上，厨房的食材都堆在那里，我再也没有做饭的心思了，不知道优子和轩逸欣谈得怎么样了，轩逸欣会喜欢优子吗？我第一次感受到心酸，原来是这样郁闷却无处发泄的感觉。

本来心情就够糟了，此时还收到系统的扣分提示："亲爱的玩家，本次告白任务做失败处理，扣十二分。"根本是雪上加霜！我哭着倒在床上，太欺负人了！这什么破游戏！

我就这样哭着睡着了，导致隔天起来的时候，不仅腰酸背痛，眼睛还肿了，只能找了个眼镜戴上遮盖一下。我本来是生无可恋的，但幸而轩若风今天就能来帝国上课了，我的心情也总算是好了一点点。

我到学校的时候，正好碰到了轩若风，我像见到了久违的亲人一样，热烈地表示了自己的欢迎："若风，看到你太开心啦！有什么需要帮忙的地方尽管开口哦！"

"哈哈，你今天怎么戴着眼镜，我都没认出你来！"轩若风笑得灿烂，他指着我的眼镜说，"太丑了，拿掉吧，你是想装好学生吗？"

"这叫个性懂不懂，哼，早知道就不跟你打招呼了。"我佯装生气地转过身不理他。

"好啦，都是我的错，其实你这样子挺可爱的，很萌啊！老实说，你是不是玩游戏太久了，所以连眼睛都肿了要戴眼镜遮挡？"轩若风调皮地看着我问。

"哪有啊，我是学习学太晚，快上课了，我去教室了，放学之后再聊吧。"我挑着眉否认，然后快速朝教室走去。

轩逸欣已经在教室里了，他淡然自若地翻着书，我看着他就觉得别扭："哈喽，好早，在看书啊。"我在他身边坐下，装作若无其事地打招呼。

"是啊。"轩逸欣看都不看我一眼，声音很冷淡。

"你怎么了？"我不满地瞪他一眼，干吗突然对我像个普通人似的，我昨天可是给他创造了一个好机会，还害得我丢分。

"没事啊，快上课了，认真听课吧。"

轩逸欣整理好书本，做好准备上课的样子，他脸上的笑容很淡，一副不想说话也不想理我的感觉。

我心里有点郁闷，但是又不好继续跟他说些什么，只能继续做自己的事情。一连几天，轩逸欣都是一副不太搭理我的模样，偏偏系统又没有了任务，我想搭讪也找不到借口，只好每天和轩若风在一起玩了。

转眼就要到樱花节了，帝国学院的樱花节一向很盛大，而且要求全校师生一起参加，如果有谁的节目可以在樱花节当天表演，还可以加学分！我这个人虽然没什么特长，但还是有点小爱好的，所以编了一个樱花节的舞蹈去报名。谁知道那么巧，轩若风竟然就是本次樱花节的总策划，有自己人在，我可不怕我的节目上不了。

"轩若风，你看看我的樱花舞行不行，要不你给我排上？"我抱着胸仰着脸，看着轩若风问。

"当然要排上，但是我不会徇私的，真的好才行。"轩若风轻咳两声，装成主席的严肃模样说，"不好就排练到好才行！"

"哈哈哈，那就靠你啦！"我大笑起来，"你一定要多多督促我啊，要知道能选上优秀节目的话，可是有奖金的。"我讨好似的拉着轩若风的胳膊。

"没问题，舞蹈社、文艺部我们都有熟人！一定没问题的！"轩若风很自信地点着头。

因为忙着排舞，我和轩若风一有时间就在一起讨论，关系也越来越好。我发现他真的是个很有才华的人，而且人缘也超级好。忙碌中我也没时间去想轩逸欣了，而轩逸欣始终跟我维持着不冷不淡的关系。唉，先不想了，努力加油练舞才是要紧事！我不停地安慰着自己。

（四）

我陷入了前所未有的繁忙中，上课、练舞成了我每日的生活标配。为了拿到优秀节目奖金，我日夜不停地练习，连自己最爱的游戏都好久不玩了。努力是有回报的，我的舞蹈越来越成熟，身体也越来越柔软，看着镜子中的自己，我都忍不住夸一句我离女神形象越来越近了。

"嗯，很不错，这个动作好。"轩若风很认真地帮我纠正动作，这阵子他每天都陪着我排练。

"我觉得这个动作好是好，就是我的腰好疼啊。"我揉着腰部吐了吐舌头。

"这个下腰的动作很能突出女孩子的柔美，就像樱花飘落一样，做得好很美的。"轩若风拿着画稿给我看，"你看，漂亮吧。"

我看着他画出来的舞蹈画稿，一身粉衣的女孩子腰肢柔软地飞舞着："你画得这么漂亮，我都怕我跳不出来。"

"这只是范本，放心好啦，你只要完成百分之七八十的相似度就很棒啦。"轩若风拍了拍我的肩膀鼓励我，"加油，我看好你哦！"

"我饿了。"我揉着肚子说，为了身体更轻，我连吃的都减少了。

"嘿嘿，我给你准备了香蕉燕麦粥，放在保温杯里，还热着呢。"轩若风变魔术一样，变出一个蓝色保温杯递给我。

"轩策划好体贴啊！"轩若风对我的好，引起了旁边一些排练同学的玩笑，他们夸张地模仿着我们两个人。

"去去，一边去，这可是我好朋友，你们在这里开玩笑就算了，传出去我可要好好收拾你们啊！"轩若风故意板着脸，教训道。

"大家也都辛苦了，一起吃吧，我也有带零食！轩若风是我的好哥们，你们别乱说啦！"我从包包里掏出零食分给大家，同时还不忘澄清，其实我很喜欢大家在一起打打闹闹玩的感觉。

一群人为了一个晚会共同努力，那种付出是很让人兴奋的，我也由此认识了很多不错的朋友。

今天难得早回家，我按照轩若风说的那样泡了个牛奶浴，然后美滋滋地躺在床上休息。我感觉最近忙得都快跟世界脱节了，正好趁着这个机会好好刷刷朋友圈。

原来学校最近发生了这么多事啊，我一条条信息看过去，突然，一条信息让我惊呼一声。

"不会吧？若风要走？"

第五章
失败的告白

我一下子从床上坐起来，仔细去读这条信息，轩若风在樱花节之后就要正式去澳洲留学？这也太突然了吧，他回来还没几天，就又要出国留学了？

我赶紧打电话给轩若风："若风，你要去澳洲留学？怎么这么突然，你怎么也没跟我提起过？"

轩若风那边迟疑了一下，然后感觉他换了个安静的环境，才笑着回答我："是比较突然，但是……家人都觉得这样对我的学业和前途比较好，我在澳洲的教授也一直希望我回去。"

"但是，你才回来这么几天啊，你父母和家人舍得吗？"我有点不舍地问，我好不容易有了个这么谈得来的好朋友，真是不想他这么快就离开。

"其实，这个提议是我堂兄提出来的，我父母也很赞同。而且，他们也都有出国的打算；我只是提前一点出去啦。"

"什么，你堂兄的提议？也就是轩逸欣啦，他无缘无故干吗提议让你去澳洲啊？"我愤愤不平地说，其实对轩逸欣的不满已经积压了很久，只是一直没找到机会发泄而已。

轩若风的语气还是很轻松的："也不是无缘无故啦，其实我们的家族本身就在国外啊，只是堂兄和我都觉得必须接受国内的教育才在国内上学的，现在出国也很正常，你怎么那么激动啊？舍不得我吗？"

"是啊，当然舍不得，你是我的好朋友好哥们，你走了，以后都没人陪我玩了。"我嘟着嘴，语气幽怨地说。

"哈哈，这个你不用担心，堂兄肯定会好好陪你的。"

"谁说的……"

轩逸欣都好久没找过我了，一想起他我就满心的气。也不知道他是故意冷着我，还是生气，但是我又没得罪他，也没做让他生气的事啊。

"小雅，你早点睡吧，我这边还有点事，先不跟你聊了哦。"轩若风突然压低声音说。

"好吧，晚安。"我失落地挂断了电话。

我原本的好心情就因为这件事重新陷入了低潮，基本是一夜失眠到天亮。早上起来看着镜子中自己的黑眼圈，我不得不用遮瑕膏将它们遮住，然后画了个轻薄的淡妆，才觉得气色好了很多。

走到帝国学院门口的时候，我停下来深深呼吸了一下，然后睁开眼的时候就看到了在我不远处的轩逸欣。他穿着深蓝色的校服，长身玉立站在校门口，依然是王子的既视感，我想也没想就脱口而出："轩逸欣，你给我站住！"

轩逸欣立刻停住了脚步，然后回过头来看我，他的眉眼都有一种憔悴感，似乎很久没有休息好了。

"有事吗？"他盯着我看。

"当然啦，你为什么叫若风要去国外留学啊？"我才问完就想咬掉自己的舌头，明明不是想说这个的，明明是想问他是不是没睡好的，怎

么话到嘴边就变了？

　　轩逸欣挑了一下眉，淡粉的唇抿成了一条线，然后他嘴角勾起一抹浅笑，问道："怎么了，他不可以去留学吗？我弟弟的事，我还不能关心一下吗？"

　　"可是，帝国学院也很棒啊，为什么一定要去留学呢？他才做完交换生。"

　　我低着头看着自己的脚尖碎碎念，有一种莫名的急躁感。想说的话说不出，又很委屈他这么久不主动找我。

　　"我们家的事情，似乎不需要外人插嘴吧，还是说你舍不得我弟弟？"轩逸欣很平静地说，可他的话落在我的耳朵里却格外刺耳。

　　我的脸腾一下就红了，如同火烧似的，此时校园里人来人往。

　　我抬起头怒气冲冲看着他说："作为他的好朋友，我也很关心他啊！我怎么是外人了？怎么不说是你专制呢！"

　　"你不是外人，那我是外人了，一口一个若风叫得好亲热，你舍不得他吗？好啊，他不会出国留学了，我去出国留学，可以吗？"轩逸欣皱着眉看我，声音很大，他黑如墨玉的眼睛里似乎有火光四射。

　　"你胡说什么啊，怎么就亲热了，朋友之间不可以喊昵称的吗？"我火气上来，也不肯示弱。

　　"行了，我知道，你何必这么生气呢，说到底也是因为轩若风。我这就去申请留学，我走，他不会走，他就好好留在这里吧。"轩逸欣怒气冲冲地看着我吼，然后一阵风似的走了。

我委屈地看着他离去的背影，我明明不是想吵架的，为什么他那么大火气，我跺了跺脚无奈地走进校园。

第六章

下任伯爵配偶栏是你的名字

（一）

　　校园里人来人往，我能感觉到同学们的目光纷纷朝我飘过来。刚才在校门口跟轩逸欣吵起来时，有那么多人看到了，这下一定会弄得全校轰动的。我明明不想跟他吵架的！

　　我低下头咬着嘴唇，委屈地走到教室里，轩逸欣冷冰冰地坐在那里，看也不看我一眼，我的心里又燃起熊熊怒火。克制，我告诉自己要克制，刚才在学校门口已经很张扬了，我不能在教室里继续跟他吵。

　　"张同学，我们换个位子可以吗？我最近眼睛不太好，看不清黑板。"我没有回座位，而是走到了坐在我前面的同学身边说。

　　"啊？换位子啊？当然可以啦。"张同学笑眯眯看着我，低下头就开始收拾东西。

　　"安同学，我和你换可以吗？"张同学旁边的一个女孩子眨着星星眼祈求似的看着我。

　　我用眼角瞥了瞥后面的轩逸欣，他仍然是一副很冷淡的表情，似乎根本没注意我此时换位的举动。既然他都不在意了，跟谁换位子又有什么关系呢，我点了点头说："当然可以啊，你喜欢坐那里就坐呗。"

那女孩子脸上笑得都快开了花，她一阵风似的将东西收拾好，走到轩逸欣身边坐下了。

我有些郁闷地在她的位子上坐好，一上午都无法集中精神，我听到后面的女孩子不停跟轩逸欣搭讪，轩逸欣居然还时不时回她两句。我愤愤拿出手机，在恋爱攻略游戏界面停留着，我还要继续这个游戏吗？

算了，这种情况下，继续玩下去又有什么意思呢，我闭上眼睛按上了退出键。

"退出提示：亲，真的要退出游戏吗？现在退出就什么都没有啦！亲的得分还是很高的！"

现在的系统提示也太啰唆了吧，我继续点着退出键，直到系统显示已成功退出游戏。哼，什么绝版游戏，本小姐还不稀罕了！

"小雅，你是因为我才跟我哥吵架的吗？"午饭时间，轩若风一脸着急地找到我问。

我嘟着嘴抱怨道："不是因为你啦，是他那个人太霸道了。"

"我真不希望你们因为我闹翻。其实我哥对你很好的，我长这么大，还是第一次看到他对一个女孩子这么好。"轩若风的脸上全是对我的愧疚。

"好啦，都说不只是因为你，你不要这么纠结了，你哥那个人还真让人受不了，我并不觉得他对我好。我们去吃饭吧，我饿了。"我气呼呼地拉着轩若风去食堂，我可不想继续谈论轩逸欣。

巧就巧在，你越不想见的人就越容易遇到。我刚和轩若风走进食堂，就看到了坐在窗户边吃饭的轩逸欣，他坐的地方阳光很好，置身阳光下如何能不耀眼呢？我看了他一眼，别过头拉着轩若风去点菜。

"喂，我哥在那边，不过去吗？"轩若风在我耳边小声说，他皱着眉，一脸纠结，"这样无视他好像不太好。"

"就当没看到啊，我什么都没看到。"我赌气似的说，"阿姨，我要鸡腿。"

"鸡腿卖完了。"阿姨抬起头看我一眼说。

"那我要蒜爆鱼。"我眨了眨眼睛说。

"也卖完了。"阿姨的声音很冷静。

"那还有什么吗？"我今天不会这么背吧。

"只有这些了。"阿姨将一些剩菜推给我。

"不会就吃这些吧？我看我哥买了好多菜，我们过去吃吧。"轩若风瞪大眼睛看着那些菜，然后语气弱弱地说。

"我不去，要吃你去吃。我出去买着吃。"我气呼呼地转身走了。

我才不要去和轩逸欣说话呢，我不要再理他了！我碎碎念着走出食堂，然后就悲剧地发现吃饭时间已经不足半小时，而我们学校附近都没有卖饭的地方！这也就是大学校不好的地方，因为食堂已经足够好，所以学校附近容不下其他同类饭店存在，看来我只能买个面包充饥了。

我彻底跟轩逸欣陷入了冷战，我是下定了决心，绝对不要先理他，错的又不是我。最可气的是轩逸欣似乎也是同样的态度，我不理他，他也不理我，我们上课的时候互不理睬，下了课更是形同陌路。我吃不好睡不好，脸上都开始冒痘痘了。

"小雅，你和轩逸欣要闹到什么时候啊？"洛隐终于看不下去我自暴自弃的生活，拉着我谈话。

我抱着薯片一边啃，一边委屈地说："又不怪我，我又没错，是他错在先的，而且他当着那么多人面跟我吵架，我才不要理他呢。"

感觉洛隐头上冒下无数黑线，他夺过我的薯片说："其实我不太关心你和那个轩逸欣怎么样，我只是关心你。你看看你，现在无心学习就算了，天天吃薯片、薯条、炸鸡这些垃圾食品，还喝可乐、芬达、各种奶茶糖水。你看看你，都快胖成球了，还有你的脸，皮肤差得快要跟树皮一样了，你这样下去，我怕老太爷会认不出你。"

"呜呜，我已经很难过了，你还这样说我，呜呜，我不要见人了！"我趴在桌子上号啕大哭。我明明心情已经很差劲了，他还要这样说我。

"乖，不要哭，真拿你没办法，你可以想个别的方法发泄啊，不能这样熬夜吃垃圾食品啊。你看，我给你准备了好多金币，你可以拿去跟猴宝玩哦，你不是很喜欢猴宝吗？"洛隐语气变得很温柔，他将一袋子金光闪闪的金币推到我的面前。

我吸着鼻子看着金币，忍不住又肉疼起来："这么多金币，要挣多久啊？如果我们家的钱被我败光了怎么办？"

洛隐的头上又是一堆黑线，他苦笑说着说："大小姐，我很会挣钱的，不会让你败光家产的，这些金币是真假掺着的，你以为你家是开金矿的，全用真金币！"

"呜呜，那还好。"我将金币拿到怀里，然后继续可怜兮兮地看着洛隐。

洛隐的眉头又皱了起来："小雅，你也不小了，总要自己学习照顾自己。我最近有点事，不能天天来看你了，你有事给我电话。"

"连你也不要我了吗？"我瘪着嘴巴，一副又要哭出来的样子。

洛隐叹了口气，伸出手摸了摸我的头，他的眼神很温柔，那温柔里又带着一丝无奈："小雅，我怎么会不要你呢，我真的有事，你记住保护好自己，你真是让人担心……可惜我……小雅，保护你就是我这辈子最大的任务了。"

我有些不能消化洛隐突然的认真，眼巴巴看着他，点点头说："那你去忙吧，注意身体，忙完就来找我。"

洛隐摇了摇头："为了让你改掉坏习惯，我离开前还得做件事。"

我眼睁睁看着洛隐拿走了我的所有零食和饮料，他只给我留了生菜水果沙拉和燕麦片，喝的就剩矿泉水和牛奶。算了，反正我还是可以偷偷买的，我安慰自己。

"你不要想着偷偷买，别忘了，你的零花钱可是由我负责分配的。我已经安装了监控在隐秘的地方，你要是不乖我可就全部拿给老太爷看了哦。"洛隐用一根手指点着我的头，一副了然于心的模样。

"监控？你在我家安监控？那你要是偷看我换衣服洗澡怎么办？"我一下子跳起来反驳道。

"我才没兴趣呢。告诉你哦，所有内容都有备份，我是可以随时拿出来公开的。还有，不要想着找出监控，我要是能放在你能找到的地方也就不是我了。"洛隐说完就抱着一大袋的零食饮料扬长而去。

我在客厅翻找了很久，也没发现监控在哪里。不过这样运动一下，身上出了汗也觉得舒服很多，于是我回到卧室洗了个澡就睡觉了，今天倒是难得睡得安稳。

（二）

一觉睡到天亮，我伸了个懒腰，起床好好打扮了一番，然后哼着小曲朝学校走去。

"嗨！"我向一个认识的同学打招呼，可是那同学看我一眼就跑开了，我郁闷地摸了摸自己的脸。

我今天有很糟糕吗？算了，不理我就不理我，我一个人走也很好。走着走着，我又停下来了，因为在前面不远处有两个人，其中一个看起来似乎是轩逸欣啊！那头黑色的短发随风摆动，模特般的身材可以将校服也穿出名牌的效果。

我很果断地后退几步，然后换道走了最右边的路。嗯，离他越远越好！我默念这句话，然后抬起头看着前面，目不斜视地往前走。

"小雅、小雅，你走那么快干吗？"是轩若风在身后喊我。

我纠结了几秒钟，还是回了头："走得快比较健康啊。"眼角还是忍不住瞥了下他身旁的轩逸欣，轩逸欣还是那副冷冰冰的表情，"我先走了，你们慢慢走。"我大踏步朝着教室走去。

进了教室之后，我气喘吁吁在座位上坐好。一脸冷漠加严肃的轩逸欣慢条斯理地经过我身边，走到他的座位。真是该死，我的心跳为什么那么快？为什么脸有点红？笨蛋啊，我走那么快，当然心跳加速脸发红啦，我摸着胸口想。

我要继续无视轩逸欣，除非他主动找我，不然我怎么都不会理他的！我很庆幸自己特地选择了他前面的位子，这样才可以眼不见心不烦！至于他看到我烦不烦，那我可就不管了！

"那个安诗雅真的好讨厌，成绩又不算好，还那么拽，居然敢跟轩逸欣吵架！我看那天应该是轩逸欣拒绝她的表白，她才破口大骂的！"

"是啊，我也不喜欢她，老觉得自己很厉害的样子，以前就天天黏着轩逸欣，现在可黏不上了吧。"

我上卫生间的时候，听到门外的同学们在高声讨论着我，果然女生卫生间是最大的八卦集散地。我想了想自己入学以来，光顾着做任务和轩逸欣打好关系了，并没有做其他事情啊，怎么就那么招同学们讨厌呢？还是说，轩逸欣的魅力太大，因为我之前和他关系太好，所以她们不待见我？算了，我就当没听见吧。

我这个人没别的好，就是心比较大。而且我一向觉得只有值得的人才配让我生气，那些不值得的，就是路人甲乙丙丁，跟她们计较就是浪费自己的时间。

下午时分，我拿着几枚金币走到花房，呼唤着猴宝的名字。没想到猴宝没出现，花农孙叔反而出现了，他和蔼可亲地看着我问："小雅啊，最近不开心吗？"

我本来还没什么，但此时被他一问，心里的委屈就开始往上冒：

"也不是不开心啦，就是不知道自己怎么得罪了那么多同学。"我郁闷地低下头。自从和轩逸欣吵架以来，就总有人针对我，不是一个人，而是很多人。我的东西经常不见，我走到哪里同学们就避开我，我去食堂也买不到自己想吃的东西……

"唉，人越优秀就越容易遭人嫉妒，学校里虽然很单纯，但是嫉妒之心却是连小孩子也不能避免的。你这么单纯，可要多加小心啊！猴宝在午休呢，我去把它喊来跟你玩。"孙叔温声温气地说，他慈祥的模样让我想到了太爷爷。

"不用，我可以等它睡醒的。"我连连摆手，却不小心碰掉了装金币的袋子，金币撒了一地。

猴宝应该是刚睡醒，它揉着眼睛很萌地看着我，然后视线落到地上的金币上，它的眼睛瞬间就亮了，开心地上蹿下跳了一番，然后奔跑过来将金币细心地收集到怀里，等到所有金币都在怀里之后，它又跑到了孙叔面前，将金币往孙叔怀里一塞。

"乖，猴宝，这个姐姐不开心啦，你去陪陪她，这些金币可全是她给你的哦。"孙叔接过金币，摸了摸猴宝的头说。

猴宝立刻又跑到了我的身边，学着孙叔摸它头的样子摸了摸我的头，毛茸茸的身子往我怀里蹭了蹭。我被逗笑了，伸出手将它抱在了怀里，可是它很快又挣扎着下去，在我面前蹦蹦跳跳的跟跳舞一般，小肉球一样的身子扭起来让人发笑。它接着又在地上滚来滚去，弄得一身都是泥，然后站起来扭着红屁股看着我。

"哈哈，猴宝真是太可爱了，我知道你是在哄我开心对不对啊？"我被猴宝一系列的表演逗得捧腹大笑，它又窜到我的面前蹭了蹭我的脸，"猴宝，我已经很开心啦，你看你，为了跳舞给我看，身上都脏了，我给你洗澡吧。"我抱着猴宝说。

猴宝一下子挣脱我跑开了，我追着猴宝喊："猴宝，不要跑，我要给你洗澡。"

孙叔从花房出来抓住了猴宝，猴宝可怜兮兮叫了起来，孙叔看着我笑着说："这个调皮蛋，可不喜欢洗澡呢。猴宝，你不洗澡，可没人喜欢你了。"

猴宝可怜兮兮地看着我，垂着头吐着舌头，我的心都快被萌化了，但是我还是板着脸说："是啊，脏孩子我可不喜欢！"

猴宝低下头，不情愿地停住了挣扎。

"我来帮猴宝洗澡吧。"我走上前去摸了摸猴宝，"我知道猴宝是为了我才弄脏的，我会很温柔的哦！"

"猴宝洗澡可不老实呢。"孙叔看着我说。

"我不怕呢。"我兴冲冲地帮着孙叔准备洗澡水。

为了让猴宝不抗拒洗澡，孙叔在浴盆里放了好多玩具，还有香蕉。

猴宝在水里不停扑腾，我的身上都湿了大半，但是心情却很好。洗着洗着我也跟它玩了起来，等洗完澡，猴宝身上已经干干净净香喷喷的，可是我衣服头发都湿了。

"小雅，你这样是会感冒的，可是我这里没有女孩子的衣服，也没地方让你洗澡。"孙叔愧疚地看着我说，"我去给你煮点姜茶喝吧。"

"谢谢孙叔！"我拿着毛巾胡乱擦了擦头发，然后继续跟猴宝疯玩起来。

和猴宝玩了一下午，天色渐渐黑了，气温也降了下来。虽然喝了姜茶，但是我还是忍不住打了几个喷嚏，孙叔又给我准备了感冒药，我才恋恋不舍地回家了。走在路上的时候就觉得头很疼，鼻子也不通气起来，我慢慢走到家里，吃了几片感冒药就上床睡觉了。

生病的时候，人都是很脆弱的，我此时就特别想念洛隐，还有轩逸欣……感冒药起了反应，我昏昏沉沉起来，可是却无法完全睡去，总觉得有种不踏实的感觉。

我从床边摸到手机，胡乱按了一个号码拨过去，朦胧中也不知道拨给了谁。

"我不舒服，我感冒了……"我鼻音浓重地说。

"什么？你在家里吗？"那边是一个很急促的声音。

"是啊，我在家里啊……呜呜，太倒霉了，生病还只有一个人……"我哀怨地说。

"我过去找你，你不要乱动。"

"我都快难受死了，没力气，走不动……"我软绵绵地说，意识渐渐陷入了迷糊，耳边的声音似乎又继续说了很多，我努力想听清，但都听不真切了。

（三）

我好像又开始做梦了，梦中我是个落难公主，被恶魔抓走了。恶魔将我关在黑乎乎的房间里，威胁我要杀了我。我无助地哭泣，真的好恐怖，连身上都开始感觉疼痛了，这个梦太真实了。

"我来救你了！"关键时刻，一身白衣的王子骑着白马从天而降，我目瞪口呆地看着他，连呼吸都忘记了。

王子披荆斩棘，杀死了恶魔，然后将我抱在了怀里。我看着他光滑的下巴，他墨玉般的眼瞳，他棱角分明的脸庞，心脏快要跳出胸腔了，王子竟然长着一张和轩逸欣一模一样的脸！

"啊……好疼！"我的脸上感觉被人用力打了一下，火辣辣地疼起来，我迷迷糊糊睁开眼睛，等等……这是哪里？四周都是黑乎乎的，我也不能动弹了，我低下头看了看自己的身体，我被一条绳子绑在了椅子上。我再抬起头去看面前站着人，光线很暗，我看不太清那人的脸。

"贱人，你为什么要勾引轩逸欣！"又是一巴掌，站在我面前的人恶狠狠地说，竟然是个女生！

"你是谁？你为什么要抓我？你这是绑架！"我动也不能动，只能冲着她吼。

"我是谁？你当然不知道我是谁了，我那么爱轩逸欣，你却夺走了他！"那女孩子的声音因激动而嘶哑起来。

"轩逸欣？你因为他绑架我？"我努力抬起头，眯着眼睛仔细辨认面前的女孩子，终于这张模糊的面目在我脑海里清晰起来，"你是辛优子……不是！你不是优子！"我认识的辛优子是那么温柔善良的女孩子。那么，面前的这个人，就是优子所说的那个偏执的姐姐辛纪子！也就是屡次和轩逸欣传绯闻的那个？该死的，我和轩逸欣都调查了，都没有查出来她有问题啊！

"你是辛纪子？"

"没错，是我，我早就认识轩逸欣了，我因为他才休学，因为他才生病，因为他才留级，我做这么多都是因为他！为什么，为什么你要勾引他！"辛纪子用力摇着我的身体，我觉得骨头都快被她摇散架了。

"你能不能冷静一点，我没有勾引轩逸欣，我也不知道你们之前的关系，我和他只是普通朋友而已。"我大声吼着，身体很痛，我的喉咙也很痛。

"你没有勾引他，他为什么会爱上你！你们没有关系，他为什么要娶你！"辛纪子的声音带着浓浓的哭音，她用力打着我，一边打一边哭，"我这么爱他……他为什么要爱你……"

"他怎么会爱我呢？怎么会娶我呢？你是不是有病啊？"我忍着疼痛喊。

"你还说没有！"辛纪子又用力在我身上拳打脚踢了一顿，才喘着气说，"我曾经以同学的名义拜访过轩逸欣家，在他家，我偷偷看了他们的族谱，在轩逸欣那一栏，那一栏……配偶栏上填写的是你安诗雅的名字。安诗雅，每一个字每一个笔画都像刀子一样刻在我心上！那可是三年前啊，三年前他就决定娶你了！"

"三年前我都不认识他好不好？"我满脑子的问号，辛优子说过她姐姐得过一场大病，该不会就是精神病吧？怎么胡言乱语的，轩逸欣怎么会爱我呢？怎么会在三年前我都不认识他的时候就决定要娶我呢？

"我怎么知道你什么时候勾引的他，反正他现在爱的是你，要娶的也是你，是你毁了我的爱情！"辛纪子的声音显得很疯狂，"我也要毁了你！"

"你冷静下……轩逸欣不爱我，我有证据……"我浑身一颤，厉声喊道。

"小雅，我来救你了！"突然大门被人一脚踢开，门外的阳光猛烈地射了进来，我几乎睁不开眼，那从阳光里走进来的男子就像梦中救我的王子一样！

"小雅，我来晚了！"伴随着急切又愧疚的声音，我被他抱在了怀里，我看着一群人进来，带走了哭泣哀号的辛纪子。

"你是……"我瞪大眼睛，努力维持着自己的精神，"轩逸欣？"抱着我的男孩子，那紧张痛苦又悲伤的脸，分明是轩逸欣！

"是我，是我这个大混蛋，是我不好，害你被绑架，是我害你吃苦！"轩逸欣一脸痛苦，抱着我声音都颤抖着，"我那么喜欢你，我一直都喜欢你，小雅，你是我最爱的人！"

我的大脑有点不能反应了，轩逸欣他一直喜欢我？怎么可能呢？是他觉得害我被绑架过意不去？还是看到我受伤，他想逗我开心？

"咳咳，你说什么呢？我……我不喜欢你……"我小声地说，然后就昏倒在他的怀里了。

等我再次醒来的时候，已经是在医院里了。我躺在病床上，浑身酸痛得厉害，头也疼得很。我睁开眼睛，看到的第一个人就是轩逸欣，他似乎憔悴了很多，下巴都尖了，脸色也很苍白。

"小雅，你醒了？觉得身体好点了吗？"轩逸欣看到我醒来，很激动地看着我说，然后就去找医生给我检查身体，直到医生确定我身体没大碍了，他才松了口气。

第六章
下任伯爵配偶栏是你的名字

"小雅，喝点水吧。"轩逸欣将我扶起来，给我倒好温水递到我的唇边。

我默默喝了，想跟他说些什么，却不知道该说些什么。昏迷前的记忆还在，他跟我表白我却拒绝了，轩逸欣看我沉默，他也就沉默起来。

一连三天，轩逸欣都默默地陪着我，给我倒水喝，喂我吃饭，看着我睡觉之后才离开，清晨又是第一个到病房的。只是我们两个人都不怎么说话，一种尴尬的氛围围绕在我们之间。我其实有点后悔，但是如果我先开口说什么，是不是也太没面子了？他作为一个男孩子，应该主动跟我说点什么的吧！

晚上我躺在医院的病床上想，都三天了，他都没跟我说过话，是因为愧疚才照顾我的吗？其实我的身体已好得差不多了，该不该叫洛隐接我回家呢？我翻来覆去地胡思乱想着，也终于有了点困意，只觉得刚半梦半醒间，有人在我耳边说话。

"小雅，你说，爱一个人是不要给她自由呢？得到未必是最好的，默默看她幸福就可以了，对不对……"

我迷迷糊糊听着，也许是药效又上来了，我很快就睡过去了。

"轩逸欣呢？"第二天早上一醒来，我看到的人就不是轩逸欣了，而是洛隐，我一下子坐起身子问道。

洛隐白了我一眼，挑眉问我："你问我，我问谁？我跟他又不熟，我是一忙完就来看你了。"

"你个没良心的，还说保护我，我都被人绑架了！"我指着洛隐气呼呼地说。

"唉，轩逸欣不是去救你了吗？你不是好好地在这里吗？"洛隐叹了口气，无奈地看着我，"好了，你今天就可以出院了，我是来接你出院的。"

"哦。"我失落地低下头，我今天就要出院了，所以轩逸欣才不来了吗？因为我好了，他再也不需要为我负责了。

"啦啦啦，最美的花送给最美的人！"病房外面冒出一束百合花，紧接着就是轩若风满面笑容地走了进来，"送给你的，庆祝你出院！"轩若风将花往我面前一放。

"谢谢，好漂亮啊。"我没什么兴致地说。

"手续都办好了吗？还有什么需要我帮忙的吗？"轩若风仍然很开心地问。

"我什么都办好啦，就等大小姐起身了。"洛隐抬起头看着我。

"我去换个衣服就回家吧。"我起身去梳洗换衣服，回来的时候看到轩若风和洛隐已经聊开了，轩若风这个人似乎走到哪里都可以和人打成一片。

（四）

我在家又修养了几天，便迫不及待地去学校了，因为我实在很想看到轩逸欣。在家的日子里除了轩若风会跟我发个信息外，轩逸欣好像人间蒸发了一样。

"你啊你，是爱学习还是为了别的？"洛隐看着我坚决要去上学的表情调侃地问。

"我这么爱学习的好孩子，当然是因为学业问题啦！哪像某人啊，不务正业，好像当年在学校都没拿过A吧？"我冲着洛隐吐舌头。

洛隐立刻捂着耳朵做出求饶状："我都告别校园多少年了，你可别再说了，我送你去上学！"

也许是为了我的安全问题，洛隐执意送我去学校。我走进学校的时候就在酝酿，想着一会儿见到轩逸欣该怎么样表现。可是，我来到教室的时候，并没有看到轩逸欣。他一向不会迟到的？我坐在座位上，等啊等，直到上课也没有看到轩逸欣的身影。

我终于忍不住，故意云淡风轻地问同学："那个，怎么咱们班好像少了个人，轩逸欣呢？"

"轩同学啊，不知道啊，听说他出国了。"

"出国了？"我惊讶地瞪大眼睛，他该不会真的像之前说的那样，代替轩若风出国读书了吧？

"是啊，出国读书了吧，那种自带光环的富家子弟，出国读书也是很正常的。"同学用一种很平常的语气说。

我的情绪一下子跌到了谷底，轩逸欣这是什么意思啊！一句话都没留下就去国外读书了！我觉得心里好难受好难受，眼眶发酸，好像一眨眼就会流下眼泪，无数后悔的情绪在我的心里滋生着。

我想我对轩逸欣是喜欢的吧？我郁闷地坐在花房里，看着顽皮的猴宝，不管猴宝怎么逗我笑，我都觉得心里充满了苦涩。我是没有答应轩逸欣的表白，我是经常对轩逸欣冷淡给他脸色看，但是……那都是有原因的！我是那么害怕失去他，那么害怕他不理我。

"猴宝，我该怎么办？我真的好想轩逸欣，他要是以后都不出现了，我该怎么办啊？"我苦恼地揉着猴宝胖乎乎的身子。

猴宝一脸茫然地看着我，然后舔了舔我的手，继续蹦蹦跳跳去了。

我托着腮看着活蹦乱跳的猴宝，心里生出羡慕之感，人要是没有那么多烦恼就好了，像猴宝这样多好啊。

我第一次感受到，失魂落魄是什么感觉，所有的一切都无法让我提起兴趣。我上课的时候会想到轩逸欣，在家里的时候也会想到轩逸欣，出去玩的时候更会想到轩逸欣……

轩逸欣，他明明已经消失在我的世界里，却又好像无处不在，也许这就是一个人住在另一个人心里的感觉吧！

第六章
下任伯爵配偶栏是你的名字

难道面子真的有那么重要？

我盯着自己的手机看了许久，然后一咬牙一跺脚拨通了轩逸欣家里的电话，想要打听一下他在国外的联系方式。

接电话的是轩逸欣家里的管家："您好，请问您是哪位？"

"您好，我是安诗雅，是轩逸欣的同学。那个，我……我想问一下轩逸欣的……"我握着手机，尽量压抑着紧张的情绪。

我话还没说完，管家就接道："是安小姐啊，我家少爷去公司了，他有带着手机，您可以打他手机的。"

"什么？他回来了吗？他不是出国读书了？"我惊讶地问道。

"哈哈，少爷是出了趟国，但是并没有出国读书哦！"管家笑呵呵地说。

等等，好像有哪里不对……

"去公司？他有自己的公司吗？"我瞪大眼睛问。

"对啊，我家少爷有一家网络公司哦。"管家的声音带着笑意。

"好的，谢谢您啦。"我挂上电话，陷入愤怒中，轩逸欣一开始认识我的时候，明明说他是个电子白痴啊，还说他连游戏都不会玩，整个一来自旧社会的乖宝宝形象。

轩逸欣一直都在骗我！我真是太傻了，这么轻易就相信别人，他居然骗了我这么久！我真是太没用了！我决定先放下轩逸欣，我不能再让他影响我的情绪了！我似乎从开始玩这个游戏开始，就陷入了跟轩逸欣的纠缠中，我应该过我自己的生活，不能总是围绕着轩逸欣，再说了，我都退出游戏了！

我开始丰富自己的业余生活，不再纠结于轩逸欣和我的那些游戏，我还加入了帝国学院的小记者联盟，成为一名小记者。没事的时候我就去采访优秀的同学们，或者帅气的外教老师。经过一段时间的锻炼，我认识了好多新的朋友，同学们也不再针对我了。

我为自己现在的生活感到高兴，我终于不算荒废时间了。放学之后，我拿着录音笔又激情澎湃地继续下一个采访目标。采访对象是一位毕业了的学长，现在已经是一家知名咖啡馆的老板。

我坐在布置典雅高贵的咖啡馆里，一边喝着咖啡一边和帅气的学长聊天，不时问一些刁钻问题，比如学业有成家财万贯为什么要白手起家创业？有没有心仪的对象，女朋友的标准是什么？这些可是同学们最喜欢的八卦！帅哥学长脾气很好，每个问题都回答得游刃有余，既有底线又有让你有自由发挥的地方，我就是喜欢这么聪明的采访对象。

"安师妹，时间不早了，留在这里吃个晚餐吧。"帅哥学长看着我温柔地说，"我们这里的牛排可是很出名的哦。"

"那可就不客气啦！"我摸了摸肚子，的确已经很饿了。

"小雅？"就在我准备享用牛排的时候，一道熟悉的声音出现在我的耳边，我扭头一看，竟然是轩逸欣！他穿着一身黑西装，正充满惊喜地看着我。

"哼。"我轻哼一声，低下头继续跟我的牛排奋战，无视他，一定要无视他，这个骗子！

"小雅，你在生我的气吗？"轩逸欣在我身边坐下，"原谅我，我不是故意……"

"请不要打扰我用餐，不然我喊老板了。"我冷冰冰地说。

轩逸欣一脸失落地离开了，我终于找到点成就感，哼，以前都是你冷冰冰对我，现在都还给你！

不得不说，这种感觉还真是很爽啊。我心情一好胃口就大开，连吃了两份牛排、两份薯条、两份冰激凌、两杯咖啡之后，终于在帅哥学长有点发青的脸色中笑眯眯地离开了咖啡馆。

第二天上学的时候，我一走进教室，轩逸欣就立刻站起来笑眯眯说："小雅，我已经换好位子啦，我们继续坐一起吧。"

我冷冰冰地看他一眼，沉默地在位子上坐好，我才不要管我身边是谁呢，我要专心上课！我将书包放进抽屉的时候，突然发现了一支玫瑰花，我皱着眉看着轩逸欣。

"送给你的，小雅，希望你能原谅我。"轩逸欣笑眯眯看着我。

"神经病。"我嘟囔一句，继续不理他。

"小雅，我真的不能忍受没有你的日子，小雅你原谅我好不好。"轩逸欣在我身边讨好地求饶。

"你再说我就喊老师了。"我斜他一眼，语气冷酷地说。

难道出去走一圈，人就能改变了性子？我对于最近轩逸欣做的一切都处于一种茫然无措的状态，他突然对我这么好，不知道为什么，我心里反而有点发虚呢。

"系统提示，系统提示！"我的手机突然又冒出了游戏的系统提示，奇怪，我不是退出游戏了吗？我打开手机一看，上面写着："恋爱攻略被强制重启，亲，游戏被强制开启，游戏继续哦。"

"天啊，游戏还可以强制开始？这是中病毒了吗？"我仔细看着恋爱攻略游戏的界面，的确已经重新进入了游戏状态，而之前的记录也全部都在，这一切还真是诡异得可以啊！

第七章

我们和好吧！

（一）

　　我越来越觉得荣誉网络公司是不是出了什么问题。这款新推出的恋爱攻略游戏跟他们家之前的游戏完全不一样，不仅游戏漏洞多，还有点不受控制的感觉，难道就没有人在维护这款游戏吗？我想退出还退出不了，真是郁闷！轩逸欣已经把我的心搅得七上八下了，我还要继续这种生活吗？

　　轩逸欣对我是异乎寻常的热情，热情到我早上刚出门的时候，就看到他买好早点在楼下等我。清晨的阳光很明媚，他穿着白衬衫，我能感觉到路过的女生都要多看他两眼，我嘟着嘴告诉自己还在生气中呢。

　　"小雅，我们一起去学校吧，我给你买了你最爱吃的草莓蛋糕卷和巧克力奶茶。"轩逸欣俊逸的脸上挂着温柔似水的微笑，一双黑曜石般的眸子里满是笑意。

　　"我要减肥，才不要吃那么高热量的东西。"我冷冷看他一眼，从他身边走过去，不知道为什么，看到他瞬间失落伤心的表情，我竟然有一丝心疼，我这么做很过分吗？他之前对我还不是很冷漠！

"没关系,下次给你买好吃又健康的。"轩逸欣很快就追了上来,走在我的身旁。

我不理他,继续走我的路,心里默默告诉自己,一定要坚持住啊,不能心软!轩逸欣见我始终不说话,也就不再找话题跟我说话,默默跟在我的身旁。虽然我们都没有说话,我却觉得此时的状态还是不错的,斜眼看一下轩逸欣温柔的表情,我的心也冒出一丝丝愉快的感觉。嗯,看来我最近的心情都会很好了。

上完课之后我就直接去了小记者联盟,我到的时候里面正讨论得热火朝天。看到我进来,他们才停止了八卦,齐刷刷地看着我,看得我心里有点发毛。

"喂,你们是吃错药了吗?还是我脸上有东西?"我皱着眉摸了摸自己的脸。

"小雅,嘿嘿,我们在讨论大帅哥轩若风的八卦啊,他又帅又阳光又风趣……明明应该绯闻缠身嘛,结果比他哥绯闻还少,我们决定新一期特刊就采访他哦。"某女花痴地捧着脸说。

"我们都想去采访他,可是,咳咳,我们小记者联盟还是很理智的。我们知道你和他关系很好,所以就拜托你去采访他啦,记得多问点八卦啊。"某男生装作很理智地说。

"对对,多问八卦,尤其是他喜欢什么类型的女孩子,有没有谈过女朋友,或者有没有关系要好的女性朋友?"

　　"唉,我们是不是要改名叫八卦联盟了?"我扶额叹气,这群八卦的人,真不该成立小记者联盟,改成八卦者联盟才贴切,"我尽量帮你们问问吧。"我走到座位上,整理下采访表,这个时间轩若风是没什么事的。择日不如撞日,我立刻打电话约了轩若风到某咖啡馆采访,然后就在众人羡慕的眼光中离开了。

　　轩若风作为被采访对象,表现得很兴奋,他笑着问我:"你们采访我,是因为我是校园名人吗?还是因为我成绩好?还是你们想知道我做交换生的体验?"他一连串地问道。

　　我淡定地看着他,很不给面子地来了句:"因为你帅。"

　　轩若风立刻扑倒在桌子上哀号:"哥不是偶像派,哥是实力派。"

　　"好啦,谈正事。"我敲了敲桌子,当然不能一上来就八卦,我可是很专业的小记者啊,还是按照生平经历、家庭、学业等情况问了一圈,然后扯到心仪的女生身上。

　　"心仪的女生啊,还真的想不出来,但是不心仪的就好多啦。"轩若风听到这个问题,表情就有点烦恼了,"我不是参加了一个恋爱攻略游戏吗?那里面要攻略的女生就不是我喜欢的类型啊,可是……"他瘪着嘴巴一副委屈的表情。

　　"那你不可以退出游戏吗?"我听到恋爱攻略游戏,立刻来了精神,想到之前自己遇到的问题,不知道轩若风会不会遇到呢。

　　轩若风一脸苦恼地说:"这么简单的道理我会不知道吗?这个游戏

设计太变态了，或者说是漏洞太多。"他拿出手机点到恋爱攻略游戏登录面给我看，"你看，我点击了退出此款游戏。"

我瞪大眼睛看着他的手机屏幕点头："嗯，这样就退出了，啊？"我一把抢过他的手机细看，系统弹出一条消息显示游戏被强制开启，"被强制开启了，看来是没办法退出游戏的。"原来不仅是我遇到了这种情况，轩若风也是，那是不是说游戏进行到了现阶段，已经没人可以退出了？

"这个游戏是不是很变态？真怀疑他们有没有请测试员。"轩若风气愤地戳着面前的草莓蛋糕。

"应该是没有啊，荣耀公司不晓得怎么了，出这么一款狗血的游戏。"我将手机还给他，有点同情地看着他。

"是啊是啊，我好可怜。"轩若风可怜兮兮地看着我，"这件事不可以报道哦，不然我的形象就毁了。"

"哈哈，好的，我不写出来，但是你也得给我点八卦，让我跟朋友们交代吧。"我贼兮兮地看着轩若风。

轩若风冥思苦想了半天，然后说："我喜欢的女孩子，不需要多漂亮，不需要多优秀，热情阳光就好啦。让我看到她的时候就可以感觉很轻松。她最好是温柔的，但是我可以容忍她的小脾气，她不用为我做什么，等着我去爱她就可以啦。"轩若风看着我说，他的脸上出现了两团红晕，显得特别可爱，可惜我不好意思此时拿出手机拍他啊。

"真看不出来，你心里还有这么浪漫的想法。但是你这样也很难找到啊，不漂亮不优秀的女孩子一抓一大把，阳光温柔的也是超级多啊，你遇到过心仪的吗？"有时候没有条件反而是最大的条件呢，说得好像随便一个路人女生都可以，但是真拉来一个肯定又各种不满意啦。

轩若风低下头，羞涩地喝着果汁，然后抬起头看着我，轻声说："当然遇到过，不过没在一起哦，我觉得默默看她幸福也很好。"

"可是这样会不会太不男人啊，喜欢不应该去追求吗？"我托着腮问，轩若风的恋爱态度这么保守啊。

"我觉得男人不男人看情况吧。如果有机会我当然会加油啊，但是如果知道没有可能，我是不会去做的，因为做了可能连默默守护的机会都没有了。"轩若风挑了挑眉，有点伤感地说，他突然这样安静沉默的样子，像一个受伤的王子。

"不要这么伤感嘛，你肯定会遇到你的公主，你喜欢她，她也喜欢你。至于那个游戏，不喜欢就放着呗，反正得分低就低啦。"我笑眯眯地安慰着轩若风。

轩若风重重叹了口气："我知道，所以我一直在等，在等到她之前，我一定要足够好，这样她看到我的时候就会被我吸引，就看不上其他的人啦。"他冲着我吐了吐舌头。

"嗯嗯，这样才对。"我满意地点了点头，"那个，既然你心情不错，这顿饭你请吗？"

"啊？哪有找人做采访还要被采访人请客的？"轩若风瞪大眼睛看着我，一脸的不可置信。

我脸一红，不好意思地一笑："这里东西太好吃，我点超支了，联盟不给报销这么多呢。"我低头看着面前的三四盘子蛋糕。

"真拿你没办法，还好我本来也做好了请客的准备，你吃饱了吗，还要吃点什么吗？这里的黑松露鹅肝也好吃哦。"轩若风撩了撩额前的碎发，装作很潇洒地说。

我两眼放光地看着他直点头："好啊，当然好啦！"

（二）

采访完轩若风之后，我身心都很愉快，摸着滚圆的肚子，减肥大计只能以后再说啦！我慢悠悠回到家里，开始整理采访稿，然后写出了一篇风趣幽默的稿子。人果然就是要为自己找点事情做的，这样忙下来，我都没时间去烦恼轩逸欣了！

正在我想着的时候，突然，一阵开门声传入我的耳朵，不用问，又是洛隐忙完来看我啦。

"小雅，我回来啦。"洛隐穿着黑风衣，戴着黑墨镜，一副黑道大佬的模样出现在我的面前。

"你这个样子好帅，就像要去拍电影似的。"

洛隐走到我身边拍了拍我的头，嘴角勾起一抹微笑："哥哥本来就很帅，不用拍电影，就是行走的电影主角啦。"

"洛隐，你什么时候这么自恋了！"我拍开他的手，跳起来摘掉他的墨镜，那张娃娃脸再帅也没有黑道大哥的冷酷范儿啊，"还是这样可爱点。"

"你啊你，对了，有个老朋友回来啦，明天带你见见他。"洛隐心情很好的样子，在我身边坐下看我写的稿子，"又是采访帅哥的，你可以采访我啊。"

"别乱动我的稿子，以后有时间再采访你吧。什么老朋友啊？"我夺回稿子问道。

"肖木回来啦，他说他一直挺惦记小姐你的，所以想看看你。"

"是肖木大哥啊，我小时候经常喊他木头大哥，他去年走了之后我也很想他啊！有他在的时候，我被保护得多好啊！"肖木是保护我的警卫员，比我大十岁，跟洛隐年纪差不多，但是性格跟洛隐完全不一样，从我记事起洛隐和肖木就一直是关系很好的兄弟，直到去年肖木父母年纪大了，他才辞职回了老家。

洛隐摸了摸我的头，眼睛里有一丝愧疚："对不起小雅，是我没有好好保护你，你放心好啦，我已经安排了人手保护你。"

"哎呀，我开玩笑的啦，上次绑架的事我不是也没事吗？再说啦，都是一家人，难道他们真的会为了家产伤害我？"我知道太爷爷为什么那么担心我的安危，为什么从我小时候开始，就给我请了那么多保镖警

卫员保护我的安全。因为家大业大纠纷也大，尤其我们家族旁系多，谁不盯着太爷爷的财产，谁不把我当眼中钉呢？我心里也一时难过起来，我最看中的不是那些财产，我只想一家和睦，只想和爸爸妈妈在一起，而爸爸妈妈他们是否还记得有我这样一个女儿呢？

"都是我不好，害你想起伤心事了，小雅，我们都很关心你、疼爱你的，为了你，就算让我死也在所不惜。"洛隐握住了我的手。

"呸，说什么死不死的，你真以为拍电影呢。好啦，别打扰我啦，我赶紧写完文章，明天和木头大哥好好叙旧。"我将洛隐赶出房间继续我的稿子，至于那些别的事，能不想就不去想啦。

第二天我早早就拉着洛隐起来去找肖木，肖木还是一副木讷的模样，穿着很正经呆板的衬衫牛仔裤，梳着平板头，一双眼睛也是温和严谨的，他看到我很开心，可那开心也是内敛的。

"小姐，您好，我回来了。"肖木恭恭敬敬地站在我面前，每次看见我，他都会低着头。

"哎呀，木头大哥好，你别小姐、小姐的喊，你看洛隐，都是喊我小雅。"我很开心地说。

"小雅，我是回来继续保护你的，我父母的身体好了很多，老太爷帮了我那么多，我实在无以为报。"

"好啦，打住，不许说那些话，我请你吃饭，给你接风。"我做出交叉的手势。

"肖木啊，你还不知道小雅的脾气，别说那些拗口的话了，我们去吃东西吧。"洛隐拉着肖木跟在我的后面走。

我有种回到小时候的感觉，去哪里都有一群人跟在我后面，当时觉得威风，后来就觉得张扬，连朋友都找不到。

"木头大哥、洛隐，你们跟在我身后，我最有安全感了，但是我要是想做什么坏事的话，那你们也都会知道。"我停了下来，走到洛隐和肖木的身边，"我们一起走，这样多好。"

"好好，都听你的，难得你大小姐请客，肖木，咱们可得点最贵的。"洛隐冲着肖木眨眼睛。

"小姐，哦不是，小雅很大方的，洛隐你不要打趣她。"肖木很憨厚地看着洛隐说。

虽然我的心情很愉快，但是也有隐隐的担忧，太爷爷让肖木回来保护我，是觉得我会有危险吗？但是看肖木的样子，分明是因为他现在家里没事了才回来继续工作的，并非是太爷爷的授权，这样想着我也轻松了许多。

回到家里的时候，才注意到手机上有一条来自轩逸欣的消息："小雅，我们明天去游乐场玩吧，明天早上九点，不见不散。"

"不好意思，才看到信息，我有点累，明天要睡懒觉，你约别人吧。"我可不能这么快就答应他的邀请，我去了不就等于原谅他了吗？

"没关系，我等你，我会一直等你。"轩逸欣的信息回得很快。

第七章
我们和好吧！

"那就随便你啦。我不一定会去的，明天早上起来才知道。"我很高冷地回答，你要等我的，我可没答应我会去。

"等不到也会等啊，小雅，我会等你。"轩逸欣的话隔着屏幕都让我的心一跳，不行，我要冷静！

我去洗了个澡敷了个面膜，然后开始看电视剧，这时候手机又响了起来，我拿起手机一看，是恋爱攻略游戏的系统提示。

"游戏新任务：约会任务，跟轩逸欣约会一次，任务成功加20分，任务失败减20分。"

有没有搞错啊！我好不容易维持的高冷形象，难道就要这样破功了吗？看这情况，如果我明天迟到或者不去，就会被扣掉二十分啊！我愤愤地撕了面膜。太过分了，我就不去能怎么样！可是，我看着游戏排行榜，有种本能的好胜心在驱使我，算了，我还是去吧，反正去了又不会怎么样！

第二天，我早早起来打扮自己，虽然我不是心甘情愿去约会，但是为了得分我也要认真点，所以我洗了头发，化了淡妆，还选了件很漂亮的粉色裙子，然后朝着游乐场走过去。

我到的时候刚刚九点，游乐场门口人还不是很多，轩逸欣穿着一身白色休闲装已经等在门口。

"你来得好早啊。"我走过去，低下头没好气地说。

"啊，你来了，真的好准时啊！"轩逸欣显得很开心，"我本来都做好等一天的准备了。"

"进去吧。"我朝着游乐场里面走，"我可要玩一下刺激的游戏，你要一起吗？"

"没问题啊，过山车、疯狂的老鼠、急速摩天轮……我买了好多票，你看看！"轩逸欣掏出一堆票在我面前让我选。

"那就一个个玩吧。"我看了轩逸欣一眼，随便指了下，轩逸欣就跑过去排队了。

"你看看人家男朋友，多好啊！"在我身边不远处的一个女孩冲着她男朋友抱怨。

"乖，你想玩什么，我现在就去买票。"那男孩一副很好脾气的样子，一直哄着那女孩。

看着他们两个人，我就想到了我和轩逸欣，我们两人在别人眼里，也是一对闹别扭的情侣吧，我是发脾气的女孩，他是讨好我的男孩。

"小雅，到我们啦，快过来啊！"轩逸欣冲着我招手。

我赶紧小跑过去，跟他一起跳上过山车，刺激的游戏让我暂时忘了那些不开心，而轩逸欣也并不急着跟我说什么，只是拉着我玩我喜欢的项目。

（三）

我们在游乐场几乎玩了一天，最后玩累了，就坐上了摩天轮，随着

舒缓的音乐，缓缓升到城市的上空，再缓缓下降。

"小雅，对不起。"轩逸欣坐在我的对面，夕阳染红了他的俊颜。

窄小的空间里，听得到彼此的心跳，我扭头看着窗外的风景，嘟着嘴不理他。

"小雅对不起，我的确一直都会电子产品，更会玩一些游戏，所以利用业余时间开了家网络公司。但是我骗你只是为了想多和你相处，我喜欢看你认真教我玩游戏的样子。"轩逸欣很认真地说。

"原来你骗了我这么多啊，哼，我当初还那么傻那么卖力地教你！"我翻了个白眼瞪他。

"对不起啦，都是我的错。我不仅骗你还害得你受伤害，你放心，我不会放过伤害你的人，那个辛纪子还有辛优子，已经被我处罚了，她们以后再也不会害你了……"

"轩逸欣，没想到你是这样的人！"我瞪大眼睛看着他，"但是，这件事是辛纪子做的，跟她妹妹优子没关系吧。"

"我暂时查不出辛优子是否无辜，我只知道，伤害我喜欢的人，我一定不会放过她。"轩逸欣很霸气地说。

"那你还有什么要坦白的吗？"我歪着头看着他，云淡风轻地问。

轩逸欣沉默了下，他紧紧抿着嘴唇，然后慢慢说："还有一件事，其实我也有在玩恋爱攻略游戏，我也要按照系统提示追求一个人。"

"什么？"我一下子站起来，结果头碰到了天花板，"好痛！"

我摸着额头坐下来："你竟然也在玩恋爱攻略游戏，那你追求的女孩是谁？"

"你别那么激动嘛！"轩逸欣充满愧疚地看着我，"我不想说她是谁，反正我真正喜欢的女孩子只有一个。"

轩逸欣也是游戏参与者之一，那他追求的女孩子到底是哪个啊？看他这个样子，肯定不是我啦，更不可能是辛纪子和辛优子，难道……

"喂，你的任务女主，不会是上次那个强行跟你表白的学霸女神然熙吧？"

轩逸欣摸了摸额头，表情很无奈地看着我说："是她。不过，那都无所谓，因为我很坚定自己喜欢的人是谁。"

"那女生挺好的。"我低头看脚尖，人漂亮学习又好，还是一众男生的女神，而且听说她性格也很好，女孩子也很多迷她的。

"再好也没有用，因为我的心里，已经有一个不可取代的人了！"轩逸欣的声音很大。

我咽了口口水，抬起头指着自己，有些不确信地问道："你说的是我吗？"

"难道这里还有其他人吗？"轩逸欣摊了摊双手，"我好伤心，我那么喜欢你，你却一直拒绝我，不肯原谅我。"他捶着胸口，做欲哭无泪状。

我咬着嘴唇看着他，心里冒上来一丝丝甜蜜，轩逸欣他喜欢的是

我，真的是我啊！

"好啦，我也没说不原谅你啊。"我的语气忍不住软了下来。

"你说真的吗？你肯原谅我，接受我啦？"轩逸欣的表情一下子变得很惊喜，他握住我的手激动地问。

"喂，你可不要得寸进尺，我只是原谅你，可没说别的。"我抽回手故意板着脸说。

"对不起，你肯原谅我，我就已经很开心了。"轩逸欣收回手，满脸含笑地看着我。

我也忍不住笑了起来，摩天轮的玻璃上倒映出两张甜蜜的笑脸。晚上回到家里的时候，我的心情都是很好的，就像喝了蜂蜜一样，感觉一切都是甜的，一切都是粉红色的。

"系统提示，约会任务成功完成，获得20分加分。"哈哈哈，真是人开心了什么都是顺的，我抱着手机大声尖叫，真是太好啦，一下子就得到了20分呢！

隔天上学的时候，我一改往日的冷淡态度，主动和轩逸欣一起去学校。阳光照耀在身上暖洋洋的，很舒服，天空也是那么的蓝，白云是那么的飘逸，我觉得自己像快乐的小鸟。

"轩逸欣，午休的时候，我要介绍个好朋友给你认识哦。"我笑眯眯冲着轩逸欣眨眼睛。

轩逸欣也笑眯眯回应我："好啊好啊，小雅也要介绍她的朋友给我认识了，真是我的荣幸啊！"

一到午休时间，我就拉着轩逸欣去花房，轩逸欣一脸不解地问："你带我去花房干吗？"

"我的朋友就住在花房里啊！"我一蹦一跳地说，到了花房，我大喊一声，"猴宝，猴宝，你在哪里啊？我给你带了个新朋友来哦！"

猴宝很快就从房间跑了出来，它先是围着我绕了好几个圈，又伸手跟我握手又抱了抱我，才瞪着滴溜滴溜的大眼睛围着轩逸欣转圈。

"好可爱啊，我知道啦，它一定是猴宝，爱金币的猴宝，原来你的朋友就是它啊！猴宝你好，我叫轩逸欣，很开心认识你哦！"轩逸欣弯下腰看着猴宝，猴宝也乖乖停下看着他，轩逸欣忍不住伸出手想摸摸猴宝，谁知道猴宝也伸出手摊在他的面前。

"哈哈，猴宝，你真是不客气啊，"我笑着走过去摸着猴宝的头，然后看着轩逸欣说，"它在问你要金币呢。"

"啊，可是我今天没带金币啊！"轩逸欣一脸尴尬地看着猴宝，"猴宝乖，下次再给你带金币玩。"

猴宝看着自己空空的两个爪子，转身不理睬轩逸欣了，只围在我的身边打转。

"猴宝，你看那个哥哥多可怜，你也陪他玩一玩啊，我这里有金币，下次让他带多点过来。"我从口袋里掏出金币递给猴宝。

猴宝拿着金币对我一直作揖，那样子简直萌死人了，然后它走到轩逸欣身边，哼哼唧唧地对着轩逸欣叫嚷。

"猴宝乖乖的，下次给你带很多金币过来！"轩逸欣弯下腰摸猴宝的头。

猴宝围着他转了几圈，竟然一下子跳到了他的怀里。

"猴宝是要我抱吗？"轩逸欣抱着猴宝看着我问。

"也许吧，哈哈。"轩逸欣抱着猴宝的样子很可爱，我忍不住笑了起来。

猴宝在轩逸欣怀里打滚，不停伸出爪子去抓轩逸欣衬衫上的金色胸针，又用爪子去摸轩逸欣的下巴。

"原来猴宝是喜欢我的胸针啊，但是这种东西很容易刺伤自己啊，猴宝不能玩吧。"轩逸欣问道。

"我不知道，我去问问孙叔。"我跑到休息室找孙叔，并且把情况告诉孙叔。

"哈哈，这个顽皮的猴宝，之前被胸针扎过很多次，现在已经很聪明了。"孙叔听完之后哈哈大笑，"这个看你们自己，如果是重要东西就不用理它。"

我跑回去告诉轩逸欣，然后就看到轩逸欣和猴宝在跳舞，他们手拉手围着一朵花转圈圈，轩逸欣还哼着歌，真是，看不出来他还有这么逗的一面呢！

"轩逸欣，我真后悔没带录像机啊。"我打趣道。

"哈哈，没关系，我和猴宝现在也是好朋友啦！"轩逸欣毫不在乎地笑着说。

"知道啦、知道啦，我刚才问过孙叔啦，猴宝是可以玩胸针的啦。"我猛点头，然后将孙叔的话告诉轩逸欣，轩逸欣立刻将胸针拿下来递给猴宝。

猴宝拿着胸针对着阳光照了照，然后用牙咬了咬，又兴奋起来开始转圈跳舞，还扑到轩逸欣身上拿舌头舔他的脸。

"哎呀，猴宝这是很喜欢我的意思吗？"轩逸欣抱着猴宝乐呵呵地看着我。

"呜呜，猴宝都不理我了，光围着你。"我坐在草地上嘟着嘴假装不开心。

"哪有啊，猴宝乖，我们去陪着小雅玩。"轩逸欣抱着猴宝坐到我身边。

"这还差不多。"我抚摸着腻歪到我身上的猴宝，斜睨着轩逸欣，满意地说。

轩逸欣笑眯眯地看着我，发出一声感慨："小雅，我希望永远都陪着你，这样开开心心地陪着你。"

（四）

我看着轩逸欣认真而深情的表情，心里满是甜蜜，我低下头微微一笑，脸红如火烧一般，心里有无数话想说，却不知道该说什么。

轩逸欣伸出手握住我的手，我没有抽回，我们就这样肩并肩坐着，看着猴宝玩耍。天空渐渐暗沉下去，我只希望时间走得慢一点，终于明白小说里说的岁月静好是什么意思了。

"小雅，天色不早了，猴宝也要吃饭休息了，你们也早点回家吧。"孙叔终于出来抱走了猴宝。

"你饿了吗？我们去吃饭吧。"轩逸欣拉着我的手站起来。

我不好意思地抽回手，点了点头，可是一想到就这样跟他手拉着手走在校园里，指不定会有什么后果。而且我心里始终有一点怪异的感觉，说不清是为什么，就是跟轩逸欣在一起的时候，总会莫名产生一种不安的感觉。

"突然想吃炸鸡了，我们去吃炸鸡吧。"我摸着肚子说。

"好啊，可以啊。"轩逸欣想也没想就答应，"你想吃什么我就陪你吃什么。"

我甜甜一笑，真的有一种在恋爱般的感觉。轩逸欣带着我去了一家市内很有名的韩餐馆吃炸鸡，我偏爱芥末口感的炸鸡，轩逸欣就全部点了芥末味的。我知道他是不太能吃芥末的，可是他陪着我吃得很开心。

"小雅，你嘴边沾到酱了。"轩逸欣拿起纸巾帮我擦嘴角，动作自然而温柔。

我脸一红，低下头更加卖力的啃炸鸡，轩逸欣的吃相比我优雅多了。但更多的时候是他看着我吃，我吃着吃着突然发现不对劲，于是皱眉看着他问："你光看着我吃，那我不是越吃越胖？不行，你也得一起吃！"我拿起一只鸡腿塞进他的嘴里。

"好呛，真拿你没办法，你胖一点也很可爱啊，如果你不介意我也跟着胖，那就一起吃吧！"轩逸欣做出一个无奈的表情，然后笑容满面地啃着我塞给他的鸡腿。

晚上回到家里的时候，我还是很兴奋。才分开一会儿，我就已经有点想轩逸欣了，想到轩逸欣的时候，我的脸上就会不自觉地露出微笑。就在我一个人笑得乐不可支的时候，门铃响了，我走过去开门，脸上还是洋溢着甜蜜的笑。

"小雅，你怎么那么开心？"是肖木站在门口，他看着我疑惑地问，"有什么好事吗？"

"嘿嘿，不告诉你。"我捂着嘴偷笑，"你怎么过来啦？"虽然我知道肖木回来后一直在暗处保护着我，但是他一向不主动出现的。

肖木安静地走进屋里，在客厅里很规矩地站着，一点都不像洛隐，洛隐来我这就跟回家一样。

"你别这么拘谨啦，我会不自在的。"我坐在沙发上抬头看他。

"我想在你这里住几天，洛隐给我安排的地方太闹腾了。"肖木低着头，一脸正经地回答，"我在这里也能更好地保护你。"

"哦，当然可以，你睡洛隐的房间就好啦。"我对于肖木的这个请求是很赞成，有一个免费佣人谁不喜欢呢？

"嗯，我会负责收拾家里、做饭、送你去学校。"肖木背着双手认真地说。

"我知道啦，你去看看洛隐的房间，我给你拿新的床上用品和洗漱用品。"我跑到杂货间翻出来崭新的一套用具。

肖木连忙跑过来接住说："小雅，你去休息吧，我可以自己一个人搞定的。"

"嗯，好的，那你自己来。"我将东西递给他就回房间了，肖木这个人最不习惯别人帮忙。

一夜无梦，我睡得异常的好，早上睁开眼睛的时候，阳光已经很明媚了。我笑容满面地爬起来打开窗口，大口呼吸着新鲜的空气，然后一阵香味就飘了进来，是米粥的味道呢，我迅速整理好自己去客厅。

"小雅，来吃早饭吧。"肖木已经穿戴整齐坐在餐桌边等我。

"好的，真香啊！"我坐下来，端着一碗丰盛的粥，一看就是熬了很久，软糯香甜，里面有紫薯、栗子，还有核桃、葡萄干……一碗下去就觉得很饱了。

吃完饭，肖木执意要送我去学校，我们一起下楼，他去取车，我就站在路口等。不知道是否是心情好的原因，我觉得今天的天气特别好，街道的风景也特别好。

"小雅，小心！"突然我听到肖木一声大吼。

我还来不及反应，就看到一辆银色轿车朝着我飞奔过来，我瞪大眼睛站在原地，大脑一片空白。

"小雅，快走！"肖木驾驶着汽车朝着那辆轿车撞去。

我这才回过神来，往家的方向开始跑，一边跑一边拿出手机打110。我的身后是一连串汽车相撞的声音，我一口气跑回家，紧紧锁上门，一身都是冷汗。我颤抖着继续拨号打给洛隐，我躲在家里，连动都不敢动。

我都不知道过了多久，才听到门开的声音，我抬起头看到是洛隐，眼泪一下子就汹涌而出，我扑过去抱住了洛隐。

"小雅，不要怕，都过去了。"洛隐抱着我，声音很沉稳。

"肖木呢？"我在洛隐的怀里颤抖着问。

"在医院，情况不乐观，警察已经开始调查了，小雅，不管是谁，我都不会放过他。"洛隐的声音有一丝颤抖。

"什么？肖木在医院，我要去看肖木！"肖木他是为了保护我，可是，我刚才却把他一个人扔在了外面。

"小雅，我不许你胡思乱想，我们存在就是为了保护你。刚才的情况，如果你在现场才是最危险的，你帮不了忙，你知道吗？"洛隐紧紧握住我的双臂。

"洛隐，我们去医院，我要见肖木！"我哭着说，此刻内疚充斥了我的心。

"你哪里也不要去，小雅，你先待在家里。现在是什么情况都不清楚，老太爷那边已经知道了，我们不会放过伤害你和肖木的人，你一定要保护好自己。"

我被十几个保镖看守在家里，哪里都不能去，只能等。警察那边因为也知道我身份特殊，也对我采取了保护措施。我实在想不到，谁会要我的命，难道，是家族的那些人？太爷爷年纪越来越大，他们终于等不及了吗？

"小雅……"洛隐再次出现的时候，整个都很颓废，好像老了几岁，"小雅，有个坏消息，肖木他……"他的眼睛里闪现着泪光，可是他用力憋了回去。

"肖木怎么了？"我心里咯噔一下，身子一软，跌坐在沙发里。

"他伤得太重，已经走了。"洛隐低下头。

"肖木……"我捂着嘴大哭起来。

"小雅、小雅……"洛隐抱住我，终于也忍不住流下了眼泪。

那个木头一样的男人，那个一直保护我的男人，最终也因为保护我而丧生。我第一次感到现实的可怕，居然真的有人想杀我……我的眼泪止不住地流，肖木是因为我才牺牲的，我要怎么做才能报答他……

"小雅，这是他的使命，你不要这样！"洛隐抱着我，在我耳边很用力地说。

可是就算是使命又怎么样，就算他是保镖又怎么样，他可是活生生一个人啊，他为了保护我才这样……我怎么能就这样放下呢！

我的手机一直在响，是轩逸欣的来电，我颤抖着按下接通键。

"小雅，你现在怎么样？我很担心你，可是你那边保安太多，我进

不去大厦，你让我见一见你！"轩逸欣的声音很急躁。

"轩逸欣……我不好，很不好……"我大哭起来。

第八章

罪魁祸首是你不是她！

（一）

　　轩逸欣很快就被洛隐带到我面前，我看着轩逸欣，忍不住又是一阵哭，轩逸欣很心疼地抱着我说："小雅，幸好你没事。"

　　"我想去医院，我要看肖木。"我在轩逸欣的怀里哭着说。

　　"你现在还是待在这里的好，肖木那边洛隐已经在处理了，我也派人去帮忙了，一会儿警察还要找你录笔录。"轩逸欣轻轻拍着我的背，语调温柔，看来洛隐已经把事情全告诉他了。

　　"肖木是为了保护我才出事的，我想见他最后一面。"我擦了擦眼泪，一直哭也解决不了任何问题。

　　"我明白，我都明白，但是你目前的状况，要做的是好好休息，其他的，我们等等再说，好不好？"轩逸欣握着我的手，"你最好是洗个澡，然后睡一觉，我在这里陪着你。"

　　"好吧，我听你的话。"我看着轩逸欣，又看了看洛隐，知道他们绝不会让我现在离开，所以我只能听话，这样洛隐才能放心地去处理肖木的事情，"洛隐，你去医院看看肖木……一定要好好处理这件事，"

我的眼眶忍不住又湿了："肖木不能白白牺牲，洛隐，你一定要查清楚。"

"放心，我知道该怎么做。"洛隐拍了拍我的肩膀，看着轩逸欣说，"小雅就先拜托你了。"

"我去洗个澡，逸欣你坐一会儿。"送走了洛隐，我有一种无力地疲惫感，我走到浴室里，放了满满一浴缸的水，然后将自己泡在温暖的水里，回忆一点点漫延开去。

"小雅，这是肖木，专门来保护你的人，你也可以喊他肖木哥哥。"在我七八岁的时候，太爷爷将肖木带到了我的身边，那也是我在太爷爷身边生活的第二年，我看着面前年轻的少年，他一身布衫，显得与澳洲的一切都那么格格不入，像个木头一样低着头站着，笑容腼腆而拘谨。

"太爷爷，我身边不是有洛隐了吗？"我仰着头好奇地打量肖木，同时不明白为什么太爷爷一直在我身边安排保护我的人。

"只有洛隐一个怎么够呢，你可是太爷爷的宝贝啊！"太爷爷抱着我亲了一口，慈爱的笑容里有一种我看不懂的深沉。

"我会好好保护小姐的。"肖木话不多，站在一边，微微抬头看我一眼，随即又低了头。

"哈哈，你好像个木头啊，木头哥哥。"我指着肖木哈哈大笑，那时我和洛隐已混得很熟，我从来不喊洛隐哥哥，洛隐保护我之余，偶尔还会捉弄我。

"你这孩子，肖木，这孩子的安全你负责，生活你也要注意，不许她太调皮了。"太爷爷宠溺地刮了刮我的鼻子，"你啊，别以为我不知道，洛隐和你偷偷干的那些事。"

我嘟着嘴不满地低着头，我总是爱偷吃零食，不爱学习，弹钢琴的时候也总偷懒，洛隐就一直偷偷帮着我瞒着太爷爷。现在看来，太爷爷什么都知道了。这个肖木一定是太爷爷的眼线，我瞪了肖木一眼，肖木低着头似乎一点也不在意。

那段时间太爷爷一边处理家族生意，一边还要分心顾着我，有了肖木在，我的学业也上了正轨。我是不太喜欢肖木的，因为他在，我不得不乖乖上课、乖乖睡觉，在太爷爷不在家的日子里，我还是要规规矩矩的。后来，有一天别墅里突然闯进一群人要抱走我，我一直哭一直哭，肖木一个人跟他们打起来，抱着我逃出去。

那个夜晚特别黑、特别冷，肖木紧紧抱着我，一直跑一直跑。在他怀里，我突然就不怕了，我觉得这个男孩子一定可以保护我，在他的怀里，我觉得很安全。

那一次是家族里的某个人，担心太爷爷将全部家产传给我，所以想要除掉我。事情解决后，太爷爷就带着我回国生活了。过了几年，我长大了，太爷爷身体又不太好，便回澳洲修养。洛隐和肖木已经很成熟，洛隐接管了太爷爷在国内的业务，肖木则继续贴身保护我，直到肖木父母身体不好他才辞职离开。

我还是无法接受，一个活生生的人为我死了。这么多年我一直平平安安的，我几乎忘记了自己的家族里有那么多冷血的人。我的父母是不会在乎我的生死的，不然不会这么多年对我不管不顾，当年他们为了离婚早就商量好了。而我的叔叔伯伯们，几乎见也没见过几次，血脉亲缘真的冷淡如水啊。

"小雅、小雅，你还好吗？"浴室门外响起来敲门声，是轩逸欣的声音。

"我就好了。"我擦了擦眼泪，穿上浴袍，镜子里的自己眼睛都哭肿了，我打开门，轩逸欣一脸担忧地看着我。

"小雅，我给你热了牛奶，你喝了睡一会儿吧。"轩逸欣扶着我的手，将我带到卧室里。

我听话地躺在床上喝了牛奶："逸欣，幸好你在。"我看着轩逸欣，那种绝望悲观的感觉终于淡了一些。

"我会永远陪着你的。"轩逸欣摸了摸我的额头，"伤害你的人，我一个都不会放过。"

"逸欣……"我哽咽着，转念一想，他的家族也是非常显赫的，是否也经历着如我一般的日子呢？豪门恩怨是否都是一样的？

"小雅，什么都别想了，我会一直陪着你，睡吧。"轩逸欣给我盖上被子，像哄小孩子那样轻轻拍着我的手臂。

我的心头一暖，闭上眼睛，眼泪就忍不住滑了下来。

我感觉到轩逸欣的手轻轻帮我擦去眼泪，他哼着一首舒缓的歌，让我慢慢进入了梦乡。

（二）

梦里我又回到了小时候，爸爸妈妈天天吵架的日子。我像个没人要的累赘，一会儿被推到这边，一会儿被推到那边，最后还是太爷爷找上门来，带走了我。

晴朗的早晨，太爷爷抱着我，一脸温柔地说："小雅，我们走，以后你就跟着太爷爷生活。"

"爸爸妈妈呢？"我回头看着木然站在那的父母。

"他们都有各自的家庭啦，以后你跟他们，可就没什么关系了。"太爷爷抱着我，表情突然很严肃。

"小雅，跟太爷爷走吧，乖乖听太爷爷的话，爸爸妈妈只希望你平安长大，幸福生活下去，小雅，别恨爸爸妈妈。"妈妈跑过来，摸了摸

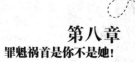
我的头发，然后亲了亲我的脸蛋。

"妈妈……"我突然睁开眼睛，为什么梦中爸爸妈妈的脸那么模糊？我竟然忘记了父母的脸！

"小雅，你做噩梦了？"轩逸欣立刻跑到我的床边握住我的手。

"现在是什么时间？"我抬起头看着他问。

"下午五点了，你好点了吗？"轩逸欣坐在床边看着我问。

"我不再是小孩子了，那些人越要对付我，我就越要好好的！"我坚定地说。

"你这样我就放心了。"轩逸欣抱着我，声音如松了口气。

我一连在家休息了四天，警察也来录了笔录。洛隐那边和轩逸欣那边都在调查这件事，我什么也做不了，只能好好照顾自己，我知道自己的命是肖木换来的，就更加要珍惜了。

"小雅，我调查出一件事很奇怪。"洛隐回家来的时候，表情有一些迷茫，"你认识一个叫然熙的女孩子吗？"

"然熙？"是那个美女学霸啊，那次我因为系统任务要和轩逸欣表白，是她截和，然后霸道地跟轩逸欣表了白。后来我还偷偷查过她，一个很努力的女孩子，我还挺欣赏她的，至少我自己是绝对没有她那样的毅力和魄力。

"不算认识吧，只能说知道彼此。"

"我调查出这件事就是她做的，但是以她的家庭背景做这件事，的确有点蹊跷，我会继续调查清楚的。"洛隐皱着眉头说。

"什么？"我瞪大眼睛，随即摇了摇头，"不可能是她做的，她为什么要这样做？因为轩逸欣喜欢的是我吗？她才不是那种爱搞小动作的人。"我相信自己对她的判断，一个那么骄傲自信的女孩子，怎么可能会用这种恶毒的手段。

"小雅，你就是太轻易相信别人了。"轩逸欣看着我说，"除了她那么恨你，还会有谁呢？"

"应该是家族的人吧，我还是觉得这个可能性最大，其他人怎么会这样恨我？就因为你吗？我没办法相信会有人为了心仪的人不喜欢自己而去杀人。"我托着腮说，想来想去，我都没办法想起其他可疑的人，"我还是不相信然熙会这么做，我宁愿相信是辛纪子做的，也不相信是然熙。"

"我查过辛纪子了，是没有可疑的。"轩逸欣低下头，"这件事我查了很久，也只是查到然熙身上。"

"唉，这件事暂时就这样吧，我不想继续牵连无辜的人，肖木的身后事，准备得怎么样了？"我不想继续这个话题，肖木的事现在才是我心里的大事。

"肖木生前的遗愿就是低调处理，他说……"洛隐沉默了一下，

"他想回家乡，让我们把他的骨灰撒在他最爱的青山上。"

"肖木……"我低下头，眼泪潸然而下，"我想亲自去一趟他的家乡，看看他的父母。"

"老太爷已经妥善处理这件事了，小雅，你不要再继续伤心了。"洛隐安慰我说。

"我知道，太爷爷一定会处理得很好，肖木的家人他也一定会照顾好，可是我怎么能不送他最后一程呢？"我的双手握成拳头，心一阵阵抽痛，他父母的伤痛，是用多少金钱都无法弥补的！

洛隐的手机突然响了起来，他走到一边接电话，我听不清他说什么，只看到他的表情很激动很愤恨。他挂断电话，一脸愤怒地走回来，将手机往桌上一砸："那些警察真会敷衍，明明是刻意的，居然说成是醉酒意外！"

"怎么回事？"轩逸欣挑了挑眉问道。

"刚才警察局给我来电话了，说是当时的驾驶人投案自首了，说自己当时喝醉了才会乱开车，发现撞死人后慌张逃逸，后来才知道自己撞死的是安家大小姐的保镖，还被误以为是绑匪，黑白两道都在查，他躲不过，干脆就自首了。"

洛隐一脸的不相信："我绝对不相信会这么巧合，肯定是故意的，警察讲究证据，那些人肯定是做好了手脚，那些警察现在反而觉得我们小题大做。"

"洛隐，你亲自去一趟，打听清楚怎么回事，如果真是意外，那是最好的了。"我看着洛隐说，如果真是意外，我虽然伤痛，但也不至于太过心寒。

"嗯，我现在就去。"洛隐一阵风似的走了。

我看着沉默的轩逸欣说："你也听到了，也许真是意外呢。"

"如果是意外就好了。"轩逸欣不满地嘟囔了一句。

我坐在沙发上，思绪万千，却理不出一个头绪，幸好轩若风拿着一堆新出的游戏来找我，我跟他打起电玩来，终于找到了一个精神寄托。

（三）

经过一系列调查，虽然我们这边还是觉得疑点重重，可是警察那边已经就现有证据做出了结案处理，判定为意外事故，肇事者被判了重刑，也算是给我们家一个交代，这件事也暂时告一段落。

我也恢复了学业，继续去上学，不然一个人天天待在家里，闷也闷死了。

至于去肖木家，因为太爷爷的种种担忧，暂时未能成行，但是太爷爷已经答应我了，一定会安排我去一次肖木家。

"安诗雅，你给我站住。"我正一个人坐在花园里胡思乱想，突然一个女孩子大声叫我的名字。

"然熙？"我转过身，看到一身校服的然熙。她的一头长发被剪得很短，此刻就像个男孩，幸好她长得漂亮，这样短的头发居然也不难看。她的校服很宽松，完全显不出她的好身材，她站在我的面前，漂亮的脸蛋上有一些红红的印子，眼睛下方的黑眼圈很大。

"安诗雅，我再说一次，我没有做过对不起你的事，我没有伤害过你。我没有派人去撞你、绑架你，又不是拍电视剧，你不要继续骚扰我了。"然熙的声音很大，她的眼睛里有愤怒、有委屈，唯独没有害怕和羞愧。

"你搞错了，我没有骚扰过你，我相信这件事不是你做的。"我一头雾水地说。

"是吗？那为什么轩逸欣一直不相信我？"然熙的气势一下子弱下去，好像全身的力量都被抽走了，她睁着雾蒙蒙的大眼睛看着我，"轩逸欣一点都不相信我。"

"然熙，我知道你是那种干干净净的女孩子，自信、敢作敢当。你不会玩阴的，不然也不会当面表白，而且即使知道轩逸欣喜欢我，你也没做过什么事，所以我从来不相信你是这件事的幕后主谋。"我看着然熙很真诚地说。

"你这么相信我？"然熙眨了眨眼睛。

"嗯，我相信你。"我重重点了点头。

"我终于明白为什么轩逸欣喜欢你了。"然熙自嘲地笑了笑，然后转身跑开了。

"然熙，轩逸欣是不是对你做了什么？"我朝着然熙的背影喊，然熙这个样子，显然是被人"整"过。

"是，他找到我，认定我就是幕后黑手，可是他也没找到什么实在证据。轩逸欣，我现在不喜欢他了，他太笨了，太武断了。"然熙扭头看我，脸上的表情变化万千，最后是失望透顶后的释然。

"轩逸欣……"我皱着眉头想，他怎么可以这样做呢！他这么做跟那些想害我的人又有什么区别！

我气呼呼地跑去找轩逸欣，轩逸欣还跟没事人一样在淡定看书。

"小雅，你怎么气呼呼的？"轩逸欣看到我，将书收起来一脸微笑地看着我问。

"你是不是去找了然熙？"我恶狠狠瞪着轩逸欣问。

轩逸欣一愣，然后摸了摸头说："你怎么了？为了然熙来质问我？你别那么单纯好不好？"

"我都说了不可能是然熙，你怎么能不分青红皂白就这样做？是不是你找人剪了她的头发？"我很愤怒地吼道。

"我是为了你给她一个教训而已，我说过不会放过任何伤害你的人！"轩逸欣也很生气，白皙的脸蛋泛起了激动的红晕，"你怎么就是不相信我呢？我不会伤害你的！"

"够了，不伤害我，可是为了我你伤害了别人！如果真有人因为你伤害我，那罪魁祸首也是你不是她！"

"安诗雅，你知道自己在说什么吗？"轩逸欣生气地看着我问。

"我当然知道，我说罪魁祸首是你不是她！"我看着轩逸欣，一字字清晰说完，然后转身就跑掉了，我不知道怎么继续面对他。

这里的一切都让我感觉疲惫，我一点都不想继续待在这里，我给太爷爷打了电话。

"丫头，你想开了吗？"太爷爷的声音也很疲惫。

"太爷爷，我都想开了，也没事了，我想去肖木的家乡看看，我想见见肖木的父母。"我握着手机，尽量不让自己的声音颤抖。

"唉，既然这么想去，就去吧。去了就了了心愿，我们安家不会亏待人，肖木的一切后事，太爷爷都安排得很好。小雅啊，你不要胡思乱想，也许有的事就是命啊。"太爷爷咳嗽了几声。

"太爷爷，你放心，我什么都懂，我真的想开了，就是不见见肖木的父母，我始终不能安心。"

"嗯，太爷爷明白。"太爷爷终于答应了我的要求，只是让洛隐安排了人沿途继续保护我。

我也把此次当成一次散心之旅，努力放空自己，让自己不要去想其他人和事。

（四）

肖木的老家在一处山清水秀的村庄里，我选择坐火车去，不像飞机那么快，有时间做一些心理准备。

"小雅。"我刚坐好，就听到一个熟悉的声音。

"你怎么来了？"我没好气地看向轩逸欣，他居然也跟了过来。

"我和猴宝来陪你啊！"轩逸欣笑嘻嘻说，然后打开身边一个大箱子，猴宝一下子跳了出来，然后跳到了我的怀里。

"猴宝，你怎么来啦。"我抱着猴宝，脸上终于露出了微笑，可是很快就沉下脸看着轩逸欣问，"孙叔愿意让你带猴宝出来？"

"那是肯定的，难道我还能偷出来不成啊，猴宝那么聪明。"轩逸欣在我身边坐下。

"猴宝，你是不是想我啦？"猴宝一直在我身上扭来扭去，还舔着我的脸。

"先生，列车上是不能带宠物的。"乘务员走到轩逸欣身边很客气地说。

"啊，拜托拜托，下不为例，它很乖的。"轩逸欣好脾气地站起来，不停哀求着乘务员。

"这个不合规矩啊。"乘务员脸还是板着脸。

猴宝真的很乖巧，跳下来对着乘务员直作揖，将乘务员逗得笑了起来："唉，反正车也开了，但你们要保证它不伤害别人。"

"猴宝不会伤害别人的。"我抱着猴宝，向乘务员承诺着。

有了猴宝，这一路也不孤寂无聊了，又有轩逸欣在一旁逗趣，虽然我不怎么搭理他，他也不在意。

就是猴宝不知道是不是看出我的心思，一路上都在捉弄着轩逸欣，不是偷偷藏起他的手机，就是偷走他的钢笔。临下车的时候，猴宝还故意将轩逸欣的身份证放进我的包里，害得轩逸欣抓耳挠腮找了好半天。

下了火车又转乘汽车，坐了一个多小时才到肖木的家乡桃溪村。

桃溪村算是很富裕的一个村子，道路打扫得很干净，建筑物很现代化，远山青翠，近水清澈，大片的农田让人感觉充满生的希望。

肖木家在村子最里面，是一栋三层楼高的别墅，看着这么气派的建筑，我就知道太爷爷一定会保证他们衣食无忧，可是保证衣食无忧也没办法赔一个儿子给人家啊。

"你们是谁啊？"我按响了门铃，一个白发苍苍的老妇人来给我开门，她年纪虽然大，身体却还是很硬朗，看着我的眼神也很温柔。

"阿姨你好，我是安诗雅……您是肖木的母亲吗？"我咬了咬嘴唇，慢慢说道。

我很怕、很怕会被人打出去，轩逸欣走上前一步握住我的手，接着我的话说："阿姨，我们是想来看看您和叔叔。"

"是小雅啊，经常听小木提起你，你怎么来了？"阿姨很快就给我打开门，热情地将我和轩逸欣请进门去，然后喊道，"他爹，大小姐来啦，你快多弄两个好菜。"

"阿姨，千万别这样！"我不好意思地说。

屋里走出来一个同样白发的老大爷，穿得很干净，身子骨也是很硬朗，他背着手腰部有点弓，眼神很犀利："是安家的小姐来了。"

"叔叔，你好。"我走到叔叔身边，鞠了一个躬问好。

"好好，都好，进来吧，给小木上个香。"叔叔背着手带我走进去，绕过客厅走进一个小房间，里面放着肖木的照片和香炉，叔叔给我点了一支香。

"肖木哥哥，我来看看你。"我看着肖木的照片，再也忍不住，哭出声来。

"好啦好啦，别哭了，我们两个老人家好不容易好点，你们大老远来，可别哭。"阿姨进来劝到，然后拉着我回到客厅。

"叔叔，阿姨，我觉得很对不起你们。"我不肯坐，将两位老人家扶到位子上坐好，然后继续说，"我想认你们做干爸干妈，你们愿意认我这个女儿吗？"

"哟，这可使不得。"叔叔首先站起来摆手，"自从小木从事这一行，我就知道会有危险，老太爷对我们已经够好了。"

"我有父母等于没父母，肖木哥哥一直说你们很恩爱，我很羡慕。能不能给我这个机会，做你们的女儿？"我将叔叔扶着坐回去。

"叔叔阿姨，小雅这么做，是真心实意地想认你们，她和肖木情同兄妹，你们就成全她吧。"轩逸欣在一旁劝着说。

"老头子，我们一辈子想要个女儿，怀不上，没想到快入土了，上天送了个女儿，咱们就认了吧，小木也会赞成咱们这么做的。"阿姨擦了擦眼泪，拉着叔叔的衣袖说。

叔叔拍了拍阿姨的手，点了点头。

我跪在地上磕了三个头，喊道："干爸，干妈，你们以后就把我当亲女儿吧，我会一直好好照顾你们的。"

"起来，起来，好女儿，干妈这有个银镯子，不值钱，但是戴了好几年了，送给你，这么匆忙也没准备其他东西，但是认干亲，哪有不给东西的？"干妈将一个暗银色的镯子摘下来递给我。

"谢谢干妈。"我将镯子戴在手腕上，又磕了一个头才站起来。

"好女儿，在这好好玩两天。"干妈摸着我的手慈祥地笑着说。

我在桃溪村住了三四天，简直不想离开了。

可是我也知道我不能一直生活在桃溪村，而干爸干妈是执意不肯跟我走的，他们说根就在桃溪村，死都不会离开。我只好和轩逸欣带着猴宝，依依不舍地踏上了回家的路。

第九章

原来游戏设计者是你

（一）

坐在火车上，看着车外不停招手的干爸干妈，我的眼泪忍不住打转。我暗暗下定决心，以后每年都要抽段时间回来这里陪干爸干妈，在这淳朴的乡村，我感受到了久违的家庭温暖。

"小雅，我们以后可以经常回来的，你要是喜欢，我们也可以在这里盖一间房子，买几亩地，享受一下归隐田园的乐趣。"轩逸欣一脸温柔笑意，猴宝歪在他的怀里正睡得香甜，"还有猴宝，这几天可乐坏了，自然风光当然比学校里那么小的地方好。"他的眼睛亮闪闪的，有一种蛊惑人心般的魅力。

我幻想了一下那种"采菊东篱下，悠然见南山"的田园生活，嘴角不自觉溢出一丝笑意，可很快就咬住了嘴唇，挑眉瞪着轩逸欣说："还买房子买地呢，你去种地吗？我来这自然是跟干爸干妈一起住，你爱干吗干吗去。"说完正巧火车启动，我看着渐渐远去的干爸干妈，眼眶一红，索性趴在桌子上假寐。

"小雅，你还在生我的气啊？这样好不好，我保证，下次在没有你同意前，绝对不轻易教训谁了好不好？"轩逸欣的声音很轻柔，他拍了拍我的背，语气像哄小孩子一样。

我趴在桌上故意不理他，然熙受到了那么大的伤害，我一定得想办法做点事补偿她。我还要揪出真正的幕后黑手，这件事肯定不会是意外，本小姐不发威，他们还真当我是病猫啊！

轩逸欣见我不说话也不勉强，只是拿出手机在我耳边放一些轻柔舒缓的歌，我听着那些调子，渐渐地进入了梦乡。等到醒来时，发现自己正盖着轩逸欣的外套，火车外一片漆黑，轩逸欣抱着猴宝睡得正熟，暗暗的暖黄色灯光打在他紧皱的眉头上，有种让人心疼的感觉。我小声叫来乘务员借了条毯子给轩逸欣和猴宝盖好，其实轩逸欣对我真的很好，我到底要不要原谅他呢？

轩逸欣醒来后看到身上的毯子，脸上顿时泛起一种甜蜜的笑容，他摸着毯子，抬起眼睛看我。

"小雅，谢谢你。"他的声音很甜。

我脸一红，低下头说："我是怕猴宝着凉。"话音刚落，猴宝就蹭到了我的身上撒娇，我跟猴宝玩了一阵，就听到火车到站的播报。

"到家啦，我送猴宝回学校，你先回家休息一下吧。"轩逸欣伸了个懒腰，将猴宝抱回自己怀里，"小东西，你也玩够了吧。"他宠溺地点了点猴宝的鼻子，猴宝舔了舔他的手心。

火车站人来人往，轩逸欣一手抱着猴宝，一手就不自觉地拉住了我的手，我没有挣扎，他的掌心那么温暖，让我有种莫名安心的感觉。

走出火车站，洛隐派来接我的车已经等在门口，轩逸欣这才放开我的手，看着我坐进车里，他贴在玻璃上温柔如水地说："记得好好休息一下哦。"

我猛点头，脸上挂着大大的笑容，心里好像吃了蜜一样，往外冒着甜丝丝的感觉。

"哟，走这一趟，你们两个是有进展啊。"洛隐斜眼看我，嘴角挂着一抹打趣的笑。

我挑了挑眉不置可否地看着窗外风景："洛隐哥，其实我心里还有一个怀疑对象，如果这次意外不是家族的人，而又跟轩逸欣有关，谁会那么恨我呢？我只能想到之前绑架我的那个辛纪子，她能绑架我一次，自然能做第二次。"我回头看洛隐，表情很认真。

"但是辛纪子我们之前调查过，并没有什么大背景。自从绑架你被我们修理后，几乎销声匿迹了，连学校都不去了，这次这事策划起来不简单，她一个女孩子，有什么本事做呢？"洛隐皱眉思索。

"你找一下MOMO，调查一下辛纪子的国际背景，如果国内没有疑点，说不定是国际关系啊！那些贵族、富豪想到在国内隐瞒什么还不是很容易？轩逸欣可不是无名之辈，太爷爷调查过他，他祖上可是欧洲伯爵，等闲之辈的人能去他家还看得到他的家谱吗？这个辛纪子只怕是大有背景。"我的思路终于理顺，辛纪子这个差点被忽略的人突然出现在我的脑海里，我将前因后果想了一想，还是她最可疑啊。

"嗯嗯，不错，变聪明了！"洛隐欣慰地看着我，"我立马联系MOMO，她可是国际联邦组织调查主任，老太爷的干孙女儿，她出马，绝对能查出来。"

"你还说我呢，你这么聪明怎么都想不到。唉，你说要不要让太爷爷给我换一个保镖呢？"我嘟着嘴，看着洛隐慢悠悠地说。

洛隐伸出手在我脑袋上轻轻拍了一下，叹口气说："你这是长大了翅膀硬了，就不要我了？你和轩逸欣的关系那么复杂，我有几个脑子？我还要想着你谈恋爱的事啊。"

"什么谈恋爱，我和轩逸欣可还没开始呢！"我揉着头发反驳，"怎么也要等这件事彻底清楚了再说。"

"明白，大小姐，小的以后就等你吩咐了，好不好？"洛隐做出一副唯唯诺诺的样子。

"我知道你也很辛苦，太爷爷国内的业务都要你管着，你还要分心照顾我，我以后会乖乖的，不再让你们担心我。"我拍了拍洛隐的手笑着说。

"果然是长大了。"洛隐看我的眼神很欣慰，他点头微笑，似乎还想再说什么，却又什么都没说。

就这样一路沉默地回到家里，我往沙发上一摊，柔软的沙发立刻陷下去一大块。

"回家的感觉真好啊！"我躺在沙发上喊。

"是谁说要归隐田园的，这会儿又觉得家好啦？"洛隐给我倒了一杯水放在我面前，"你喝点水，洗个澡，然后睡个觉，休息一下。我去做饭给你吃。"

"归隐田园是精神寄托啊，家是家，不一样的感觉啦，我特别想吃你做的三文鱼，还有牛排和海鲜汤。"吃了那么多的农家菜，我还真想念西餐的味道啊。

"还用你说，我早买好食材啦，你去休息下，晚点就可以吃了。"洛隐白了我一眼，转身去厨房忙活。

我的确觉得困倦了，洗个热水澡小眯了一会儿后才觉得有精神来吃东西，吃完东西就是玩我最爱的游戏啦！我都很久没碰游戏了，今天可要大杀四方呢！

（二）

MOMO的办事效率的确很快，三天之后我就收到了调查报告。真是不查不知道，一查吓一跳，原来这个辛纪子很有背景！她的外祖父竟然是欧洲某国的公爵，爵位来比轩逸欣家还要大一级呢，幸好他们分属不同国家，不然还真的很麻烦。

辛纪子家和外祖父家的关系并不很好，当年辛纪子的妈妈算是私奔逃出来的，辛纪子的爸爸是个穷小子，娘家人自然看不起，连带的辛纪子和辛优子两个名门之后过得还不如一般富家女。辛纪子心机比较深，即便有诸多不满，稍大一些后便主动跟外祖父示好，毕竟血浓于水，外祖父自然就帮了辛纪子一些，辛纪子这才开始过富足生活结交贵族朋友。从这时候开始，她的行为就偏执起来，价值观颠覆，而她休学住院的真相，竟然是精神病！她得了偏执症、妄想症，自她住精神病院后，她外祖父便不大理睬她了。

"这个辛纪子原来竟然有这样的背景，还真是看不出来。"我看着报告忍不住咋舌，我以为我家就够一部狗血连续剧的剧情了，没想到辛纪子的背景更是一部超长狗血连续剧啊。

"老太爷也没想到，他已经亲自拜访过辛纪子的外祖父德恩公爵，德恩公爵表示自己绝对不会再插手辛纪子的事情，还说这个外孙女让他觉得很丢人。"洛隐表情夸张地说。

"难怪轩逸欣也查不出什么，一个有钱有势的神经病还真是让人害怕，幸好太爷爷人脉广。我这就拿去给轩逸欣看，整天以为自己多厉害似的，结果还不是冤枉了好人？"我拿着报告就急匆匆给轩逸欣打电话，约轩逸欣在时光咖啡馆见面。

轩逸欣很快就气喘吁吁地跑过来了，我看着他一头汗水的急躁模样，嘴角浮着一抹得意的笑容，淡定地喝了口咖啡，才慢慢道："还是我自己查出来了吧，你还说是然熙，然熙可是清清白白的。"我将报告推到他的面前。

　　轩逸欣皱着眉头看我，不发一语地拿起报告浏览了一遍，随即重重将报告往桌子上一拍："竟然是这样，难怪我什么都查不出，真是……太可恶了，我绝对不能放过她！"轩逸欣气得满脸通红，手上青筋都暴了起来，"我要以后我出现的地方都看不到这个人，连和她呼吸同一片空气我都受不了！"轩逸欣说完就一阵风似的离去了。

　　我坐在原地不可思议地看着轩逸欣离去的方向，他也太雷厉风行了吧。看来辛纪子以后只能在她外祖父所在的小国家里待着了，既然有精神病，还是不要那么自由的好。

　　至于辛优子，那个温柔善良的姑娘，她曾经帮过我，还隐晦地提醒我注意她姐姐，可惜她有这么个姐姐，希望她的外祖父能善待她。

　　辛优子得知这一切后，执意当面来谢谢我。我看着辛优子的脸，忍不住叹息，一模一样的脸却形成了两种不同的性格，双子姊妹间竟是那样的天差地别，可惜辛优子还是被她姐姐连累了。

　　"小雅，我真的很感谢你，我知道是因为你太爷爷的关系，爷爷才肯认我这个外孙女，我姐姐做了那么多伤害你的事情，没想到你还能原谅我。"辛优子低着头，感激道。

　　"害我的又不是你，我怎么会怪你呢？我还有点自责呢，这件事终究是连累了你，但是比起国内生活，国外可能更好，我能为你做的，也就这么一点事了。"我握住辛优子的手诚恳地说。

　　"谢谢你，我从来没觉得连累，我和姐姐是孪生姊妹，我没有阻止她做坏事，我也没有及时救你，我觉得很愧疚，你不恨我我已经很惊喜了。"辛优子低着头，表情很忧伤，"我可以感应到姐姐的变化，但是我不舍得送她进精神病院，我一直以为她可以痊愈。"

"过去的事就不要再提了，优子，好好过你的生活，自信一点，你一定会得到幸福的！"我很认真地看着辛优子说。

辛优子拥抱了我一下："我也祝你幸福，小雅，你这么好的人，一定会得到幸福的！"

送走了辛优子，我心里的一块大石头总算落地，这件事完满解决，再也不会有人因为轩逸欣伤害我了吧？虽然经历了那么多，但是我和轩逸欣依然是有机会在一起的，只是除了辛纪子，还有一个人，那个人需要得到轩逸欣的道歉。

"轩逸欣，辛纪子的事是完了，可是然熙呢，你可不要忘了哦。"我看着心情大好的轩逸欣说。

轩逸欣的笑脸瞬间就收起来了，他站起来像个犯错的小孩似的说："我知道啦，我会亲自向然熙道歉。"

"嗯，你打算怎么道歉？"我不着痕迹地继续问。

"郑重地跟她说对不起，然后任打任骂不还手，这件事是我太武断了，我会尽可能补偿然熙。"轩逸欣停顿了一下，抬起眼在我脸上一扫，然后低声继续说，"除了和她在一起，别的都可以。"

轩逸欣的声音虽然很低，我却每一个字都听得清晰，脸不由红了起来，故意扮了个鬼脸嘲笑道："然熙才看不上你了，自大狂。"然熙那样骄傲的人，说不喜欢轩逸欣就真的不喜欢轩逸欣了，轩逸欣那样对她，她早就死心了。

我负责将然熙约出来，然熙赴约的时候穿着帅气的黑色西装西裤，一头利落短发显得格外帅气迷人。她看到轩逸欣的时候翻了个白眼，然后径直坐在椅子上。

"然熙，对不起。"轩逸欣走到然熙的面前，深深鞠躬道歉。

然熙歪着头瞪他，就是不说话。

"然熙，是我没调查清楚，是我被人误导，是我自大武断，都是我的错。你生气的话，尽可以拿我对付你的方法来对付我，打我骂我都可以，我真的很抱歉，伤害了你。"轩逸欣声音低低地说。

然熙扑哧一声笑了出来："哈哈，你也有今天，轩逸欣！"她伸出手指指着轩逸欣，"我可没力气骂你打你，我原谅你了。"

轩逸欣猛地看向然熙，一脸不可思议："你真的原谅我了？"

然熙点了点头，眼角瞥了我一眼："我原谅你啦，过去的事就过去了呗。我这么优秀，失去我是你的损失。轩逸欣，我还要感谢你那么对我，不然我也不会这么快就死心。"

"然熙，对不起，你值得更好的男生。"轩逸欣一脸愧疚。

然熙帅气地做出了个打住的手势："行了，别婆婆妈妈来那一套，我想得很开，道歉完了吧？小雅，咱们去逛街吧。"然熙突然看向我，

"我马上就出国了，你陪我买点东西。"

"出国？"我茫然地看着然熙问，"怎么突然就要出国了？"

"不是突然，本来就是有这个打算，正好现在有名额，就去啦！我可不是受了情伤去疗伤的，作为女神学霸，我才没那么脆弱，所以你们千万别自责内疚什么的。小雅，我当你是朋友，所以才约你逛街，至于轩逸欣嘛，他以后就是我的路人甲乙丙啦。"然熙哈哈一笑，走过来揽住我的胳膊，连看都不看轩逸欣一眼。

（三）

我也哈哈大笑起来，给了轩逸欣一个白眼，挽着然熙笑道："女孩子逛街，男孩子当然不能参加啦，我们走吧。"

轩逸欣无奈地看着我们两个走出去，重重叹了一口气，看着他这副吃瘪又不能发泄的模样，我的心情就更好了。

然熙不仅是女神学霸，买东西也是超级厉害，条理分明效率高，绝不像其他女孩子逛着买。她是知道自己要买什么直奔主题，然后哪里有折扣哪里有活动，怎么叠加买最合适，什么都计算得清清楚楚。我就像个小跟班似的跟在她的身后，转瞬间就拿着大大小小一大堆购物袋，这才不过短短一个小时啊，然熙买东西真有打仗的架势。

"呼，买齐啦，累死我啦，我们去喝杯咖啡。"然熙手里也拎着一堆购物袋，她拖着我走进商场附近的咖啡厅，点了一杯美式，然后将购物袋一排排放好，清点一番。

"然熙，你买东西都是这样吗？"我瞪大眼睛看着她问，心里是满满的好奇。

"是啊，我在出门之前都会想好要买什么，然后到了地方先浏览活动招牌，看看今天有哪些活动和折扣，计算好我买的东西能优惠多少就开始扫货啦。这样有效率还省钱。而且我给自己规定了个时间，要尽量在一个小时内买齐所有东西，这样我就没有心思闲逛啦。"然熙喝着咖啡，一脸笑容。

"你真的好厉害，我买东西都是逛了再说，有时候买了一堆却不是自己最想买的。"我的拿铁也到了，看着咖啡上漂亮的心形拉花，我又突然想到了轩逸欣，嘴角一歪又笑了起来，然后捧起杯子喝了一大口，感觉好甜啊。

"没办法啊，一个是我不想让家里负担太多我的花销，一个是我要节约时间做更多有意义的事情。我的家庭很普通的，我就只能更拼命努力，才能朝着自己的梦想前进。"然熙说这些的时候一点伤感都没有，脸上依然洋溢着笑容。

"然熙啊，我真的要向你学习呢。"我很真诚地说。跟然熙相比，我真是太不务正业了。

"每个人的生活都不一样啊，千万不要说学习谁羡慕谁，我觉得做好自己，自己开心就可以啦！其实我也很羡慕你啊，但是我的生活和你的不一样，我很享受我这样的生活，拼命努力证明自己是可以发光的。小雅，我总觉得你不用努力就会发光。"然熙说到最后一句，轻轻叹了口气。

我咬着嘴唇低下头，我会发光吗？我没有然熙漂亮也没有然熙努力，如果不是太爷爷的家庭背景，我又会是怎样一副面目呢？简直不敢想象，我握紧了咖啡杯："我不会发光，然熙，你才是发光体。"

"你不用安慰我，我要是会发光，轩逸欣那个臭小子怎么会无视我那么久？"然熙自嘲地笑了笑，"其实今天叫你来，是有件事想告诉你，谁叫我这么聪明呢？"然熙突然露出一个意味深长的笑容。

"什么事情啊？"我好奇地问。

"关于轩逸欣的，那个臭小子以为自己很聪明，把别人都玩弄在手心里，我居然会喜欢他，还真是……没眼光啊！"然熙一边拿出手机，一边夸张地笑，然后将手机递给我看。

"恋爱攻略游戏？"我一下子尖叫起来，"我的天，原来你也在玩这个游戏！"

"什么破游戏，我一开始玩就觉得不对劲，现实中的追求攻略游戏意义何在呢？我就顺着游戏任务调查，在攻略别人的同时，也有人在攻略我，而且都是帝国学校的，怎么会那么巧？"然熙冲着我眨了眨眼睛，继续说下去，"我自然是对轩逸欣感兴趣啊，就特别会注意他，他那么优秀的一个人，肯定也会有人攻略的，我就查到了你。对不起，我的确跟踪过你们，但是我只是为了研究游戏，并无恶意的！"然熙换了个很正式的表情跟我道歉。

"我知道你没有恶意的，你发现了什么呢？"我睁大眼睛看着然熙，这个游戏背后有什么秘密呢？

"我发现了你在攻略轩逸欣，其实啊，轩逸欣也在攻略你。"然熙托着腮看着我说。

"什么？轩逸欣在攻略我？"我再次大吃一惊，可是我并没有感觉到啊，我还以为轩逸欣的攻略对象是然熙呢！

"是啊，但是我觉得轩逸欣套路不对啊，就跑去荣耀公司做兼职，终于让我打听到了，原来轩逸欣是荣耀游戏公司的荣誉董事，而他自从进了荣耀，就开发了一款游戏。"然熙喝了口咖啡，挑眉看着我笑。

"你该不会想说，恋爱攻略游戏是轩逸欣开发的吧？"我不可思议地问，如果真是轩逸欣做的，那他还真是布了一个很大的局，难道就为了我？

然熙点了点头："是啊，我这才想明白，这一切都是他策划的，我不过是一个无辜的参与者，我接到游戏通知的时候还那么高兴，真是讽刺啊，咱们都被轩逸欣耍了。"

"太可恶了，居然瞒了我这么久！"我愤愤不平地说，一想到我为了那些系统任务绞尽脑汁的时候，轩逸欣指不定在心里偷笑呢！从一开始他就在算计我，还装作什么都不知道的样子！

第九章
原来游戏设计者是你

"想不想报仇啊？"然熙放低了声音，脸上的笑容越发灿烂。

"当然想啊，轩逸欣那么可恶，我简直是跳梁小丑嘛！"我咬牙切齿地说。

"其实轩逸欣的死穴就是你啊，如果有一个人能整到轩逸欣，那也只能是你，我要说的就这么多啦。我明天的飞机，你会来送我吗？"然熙可爱地冲我眨眼睛。

"当然啦，我已经把你当成我很要好的朋友了！"我握住然熙的手，重重地点头。

回家的路上，收到轩逸欣的电话，我想也没想就挂断了。这个可恶的家伙，骗了我这么久，耍了我这么久，哼，我才不要轻易理他，我一定要好好整治他！

第二天我准时出现在机场，却没想到轩逸欣居然也在，然熙一副心情很好的样子，看到我就亲热地奔过来。

"小雅，真开心能有你们两个给我送机。"然熙拥抱了我一下。

我无视掉一旁的轩逸欣，只看着然熙笑着说："你要好好照顾自己啊，学业重要，身体更重要，没事多联系啊。"

"嗯嗯，我知道啦，快到时间了，我进去了。"然熙拿着行李箱笑着走登机口，快走到的时候，她突然回过头来，冲着轩逸欣的方向投去一个微笑，那笑容看起来很神秘。

我拿眼角瞥着轩逸欣，轩逸欣似乎一头雾水，他看向我，我立刻转移视线转身离开，他就跟在我的身后。

"小雅，你怎么了？"轩逸欣关心地问。

我不回答，只是快步走。

"小雅，我得罪你了吗？还是然熙跟你说了什么啊？"轩逸欣的疑问一连串。

我统统无视，走到机场门口，洛隐的车已经停在那，我快速上车，然后叫洛隐赶快开车。看着轩逸欣想追又犹豫的模样，我还是很生气。

"你们又怎么了？"洛隐含笑看着我问。

"没怎么，不想理他，"我气呼呼道。

"他这个人城府太深，太会算计人了，我可是吃亏吃大了，被他耍得团团转，哼。"我越说越气，就越加不想理轩逸欣。

"啊？吃亏？要不要我出面教训他？"洛隐笑着说。

"行了吧你，这件事我要自己解决。"我抱着胸，看着窗外的风景，想着该怎么对付轩逸欣。

（四）

"滴滴滴。"我的手机发出系统提示音，我拿出手机一看，是恋爱攻略游戏发布的新任务："新任务，请轩逸欣吃饭，任务完成加10分，任务失败扣10分。"

真是幼稚！我关闭了游戏界面。轩逸欣还真会想，让我请他吃饭，

第九章
原来游戏设计者是你

把他哄开心了才给我加分，我以前真是太傻了！也是我好胜心太重，才会被他利用！

我关上手机，转用电脑打游戏，重新回归我的作战队伍。自从玩那个破恋爱攻略游戏以来，我都冷落其他游戏好久了，现在终于可以一次性玩个够啦！

"系统提示，任务失败扣10分，亲，再扣分可要失败了哦，亲请加油！"深夜里，我的手机又蹦出恋爱攻略游戏的系统提示。加油你个大头鬼，我冲着手机扮了个鬼脸，然后上床睡觉。

第二天上课的时候，我依然不理睬轩逸欣。

"小雅，生气冷战是不是也要给我个理由啊？"轩逸欣在我身边小声说。

"这道题还真是有难度，我要不要列个X方程式呢？"我咬着笔杆故意装作陷入思考。

"小雅，你能不能回答我一句？"

"啊，对了，这么做就可以了。"我低下头奋笔疾书，一道数学题就这样完成啦。

"小雅……"轩逸欣依然不依不饶地跟我说话。

我做完数学做语文，做完语文背英语，上课的时候专心听课，下课的时候专心做题，就当旁边的轩逸欣是个大白菜，还是个喋喋不休的大白菜。

"亲，你有新任务啦！陪轩逸欣说话，亲，任务失败就退出前十名了哦。"我的手机又收到了游戏提示。我歪着头看了眼轩逸欣，轩逸欣立刻充满期待地看着我，可是我只是笑了笑，然后低头继续我的习题，想着轩逸欣现在的模样，心里就忍不住暗爽。

"新任务，新任务，给轩逸欣打电话，完成任务奖励20分，任务失败扣20分。"

"新任务，新任务，亲，再失败就GAME OVER啦，亲加油，亲加油，新任务是约轩逸欣逛游乐场。"

"亲，任务再次失败，扣分50分，亲目前游戏成绩倒数第一，亲要加油啊。"

"亲，请一定要完成任务，否则会自动退出游戏。"

退出就退出，我看着一长串的游戏系统通知，悠然自得地啃着苹果。我想退出还退不出呢，有本事你就让我退出啊！我点击了退出游戏，没过几分钟，就显示退出失败。我想退出，是你不让，那我就只能继续无视你啦。我将这个游戏设计了屏蔽提示，然后开心地玩起了战争游戏。

我最近的心情很不错，尤其是上学的时候，因为看到轩逸欣着急又无奈的脸，想着他拼命找话题跟我说话的模样，我就开心的不要不要的。认识轩逸欣这么久，这是我最有成就感的时候啊！

"安诗雅！"突然有一个女孩子指着我大喊了一声，然后捂着嘴跑开了。

我一头雾水，我难道成了校园名人？怎么一个不认识的女孩子都知道我的名字，还见我就跑？

"她就是男神要追的安诗雅？也没很漂亮啊？"

"别乱说，男神这次可是放狠招了。"

"那个女孩子就是女主啊，啧啧，长得还可以，听说家里也是大豪门，门当户对呢。"

不时有几句闲言碎语飘到我的耳朵里，我越走越觉得奇怪，为什么路上总有人一看到我走近就躲开了，什么男神要追我啊？我茫然地走着，然后就发现校宣传栏那围着密密麻麻的学生，今天是出了什么大新闻了吗？那么多人在看什么啊？我好奇地走过去，可是同学们看到我过去，就立刻纷纷散开了，我有那么可怕吗？

我走到宣传栏的时候，周边已经空无一人，我一头黑线，仔细去看贴着的一张大海报，居然是我的照片！

"本人轩逸欣郑重声明，要追求本校女生安诗雅！任何人不得阻拦横加骚扰，更不能用任何手段为难安诗雅，如若有不按此声明做的同学，就别怪我轩逸欣不留情面了！不然我绝对会让违反者承受惨痛异常的惩罚。"

"什么鬼！"我瞪大眼睛大喊，然后迅速将海报撕下来，气冲冲地跑到教室里。

轩逸欣看到我进来立刻笑脸相迎。

"轩逸欣，你做的好事！"我将海报撕碎了扔在他的面前，"你无聊死了，你到底想干吗？"

轩逸欣愣了一下，弯下腰将海报一点点捡起来，然后一脸忧伤地看着我说："小雅，我喜欢你，我要追求你！我知道我之前是做错了很多事。但是我喜欢你是认真的，我要娶你也是认真的。"

同学们一阵哗然，都纷纷喊着让我答应，我深吸一口气看着轩逸欣问："轩逸欣，你口口声声说喜欢我，喜欢我就是玩弄我吗？布一个大局，让我像个傀儡似的跟着你走！"

"小雅，我没有想过玩弄你，更没有把你当成傀儡。我知道，你一定是知道游戏的真相了。对不起，我不该那么做，但是我实在想不到更好的办法追求你。你的心思都在游戏上，我只能在你最爱的游戏上下功夫，我做了那么多只是想和你在一起，我错了，你原谅我好不好？"轩逸欣的脸上满是认真和深情，还有一丝丝后悔。

"太晚了，我知道了你才说对不起，如果我不知道呢？我不会答应你的。"我故意冷着脸说，然后一屁股坐下来，"都散了吧，快上课去，学生不好好学习谈什么喜欢不喜欢！"

同学们被我一说，纷纷回座位坐好。

"小雅，你真的不原谅我？"轩逸欣在我身边很受伤地问。

我的心一软，差点就要说原谅了，可是转念一想，不能那么轻易原谅他！所以就硬着心肠不理他。

下课后，我跑去花房找猴宝，看着猴宝活泼可爱的模样，我终于露出了笑脸。

"猴宝啊猴宝，还是你好，你最乖啦，我看到你就开心啦。"

猴宝似乎听懂我的话，一个劲地翻跟斗，左摇右摆跳舞似的给我看，还时不时跑到我跟前抱一下我，让我的心都萌化了。为了不让轩逸欣来骚扰我和猴宝，我在猴宝的身上挂了牌子，写上"男神兄不准靠近我，不然有你好受"！

轩逸欣最近果然也安分了很多，他只是远远看着我，再也没有过来骚扰我了。

我一有时间就来抱着猴宝，看到猴宝，我就感到一种莫名的喜悦。

"猴宝，猴宝，我又来啦！"我特意带了一堆小金币来送给猴宝，可是猴宝并没有出现。

"猴宝？"我大声喊，以往这个时候，猴宝早就蹦蹦跳跳出来了！

"小雅啊，猴宝今天见到了很多金币，连眼睛都直了，所以就跟着人家的金币跑了。"孙叔听到我的喊声，笑呵呵地走出来说。

"什么？谁的金币？跟谁跑了？"我着急地问。

"就是轩逸欣啊！他今天带了好多金币，猴宝连连围着那些金币不撒手，后来就一直跟在轩逸欣的身后。轩逸欣说带它去拿更多的金币，它可就抱着轩逸欣不撒手啦。"孙叔脸上是一种无奈的微笑，"真是个小财迷。"

"轩逸欣！"我就知道他不会这么老实！

我气呼呼跑到他家里，用力按着门铃。

"小雅，你来啦！"轩逸欣很兴奋地给我开门，笑着说道，"猴宝玩得可开心了！"

"猴宝，我带你回家啦。"我看也不看轩逸欣，完全无视他，大声喊着猴宝的名字。

"猴宝在玩金币呢，都不想走了。"轩逸欣在我身后说，然后给我指路。

我走到房间门口一看，猴宝坐在一堆金币上，手里抱着金币，嘴里还咬着金币，看到我的时候都不理我了，只是盯着金币。

"猴宝，姐姐也有很多金币的，姐姐带你去玩。"我上去要抱猴宝，猴宝却一下子躲开了，然后抱着金币到处跑，我就跟在它的后面一直追。

"小雅，你让猴宝好好玩玩吧！"轩逸欣就在我的后面追我，"小心摔着啦！"

"你拐走我的猴宝，我还没跟你算账呢！"我眼看追不着猴宝，就更加气轩逸欣了，一边跑，一边回头骂轩逸欣，结果一个没站稳，人就冲着地面倒下去。

"小心！"轩逸欣一个箭步冲过来抱住我。

我倒下的时候居然扑倒在了轩逸欣的身上。更窘的是，我的嘴唇刚好落在了轩逸欣的唇上！我的脸顿时红如火烧，时间好像停顿了。

"你……"等我反应过来的时候，立刻推开轩逸欣坐起来，红着脸咬着嘴唇。

"小雅对不起，是我的错，你还不肯原谅我吗？"轩逸欣用力握住我的手，不让我挣脱。

"你骗我骗了那么久，肯定偷偷笑我傻笑我笨。"我咬着嘴唇小声抱怨。

"我从来没有笑过你，我只是笑我自己，我太傻太笨，不懂得追女生，弄得你讨厌我，我真是太没用了。"轩逸欣一味自责。

"我的气还是没消呢。"我小声说。

猴宝突然冲着我们两个人跑过来，它一下子蹦到轩逸欣的身上，照着轩逸欣的头打了两下，然后又一下子蹦到我的身上舔我的手，就像是为我出气的样子。

"猴宝，你也知道为姐姐出气啊，哥哥知道错了。小雅，你打我骂我都没关系，你能消气就好。"轩逸欣的声音带着一丝宠溺。猴宝突然跳下来原地转圈，然后趁我不注意撞到我的腿上，我一个没站稳就倒在了轩逸欣的怀里。

"小雅，猴宝这是让你原谅我呢！"轩逸欣抱着我，一双墨玉般的眼睛饱含着深情，好像春水那么温柔而缠绵。

　　我咬着嘴唇，脸红心跳，竟不知道说什么。我红着脸，怔怔地看着轩逸欣。

　　轩逸欣低下头在我的嘴唇上轻轻一吻，随即笑着温柔说："小雅，不闹了好不好，我们好好在一起。"

　　我抿了抿嘴唇，轻轻点了点头，然后抱住了轩逸欣，心中的喜悦一层层蔓延开。轩逸欣，我那么喜欢的人，原来也这样喜欢着我，我心中突然也释然了。世界那么大，能遇到喜欢的人多么不容易，然熙说过我是轩逸欣的死穴，轩逸欣又何尝不是我的死穴呢，我真希望我们能在一起，甜甜蜜蜜一辈子。

第十章

我的妻子只能是你！只会是你！

（一）

晚上回到家里的时候，我还有种不真实的感觉，心跳得异常快。我坐在沙发上，嘴角不自觉弯起来，手机滴滴响了起来，是轩逸欣提醒我早点休息的信息。我抱着手机笑得更加甜了，就像吃了很多糖一样，躺在床上翻来覆去，最后甜甜睡去。

这一觉睡到天亮，我感觉到前所未有的轻松，正准备收拾一下吃早餐，手机就传来了轩逸欣的信息。

手机上只有简短的几个字："我在楼下等你啦。"

我赶紧跑到窗台那边低头向下看，轩逸欣一身白衣潇洒地站在阳光下，手里拎着一袋子小笼包。

他似乎心有灵犀地抬头向我看过来，我们对视一眼都忍不住笑了起来："你上来吧！"我突然兴起拉开窗户大喊。

轩逸欣一脸茫然举着小笼包给我看，我拿起手机给他打电话喊他上楼，然后快速收拾了下自己。看着镜子里脸庞白净清透的自己，我微微一笑，脸颊就红了起来，那边门铃已经一叠声响起来，我摸了摸脸告诉

第十章

我的妻子只能是你！只会是你！

自己镇定一点，然后跑着去给轩逸欣开门。

"你今天好漂亮，赶快来吃小笼包吧，还热着哦。"轩逸欣看到我的时候眼睛一亮，伸手拉住我的手往餐桌方向走，他嘴角弯弯的，一脸宠溺。

我尝了一下小笼包，果然还是温热的，不由好奇地看向他："你是才买的吗？"

"是一直放在怀里暖着的，然后我想你差不多要醒了，就给你发消息了，这就叫默契吧。"轩逸欣笑着看着我说，顺手将一个小笼包塞进我的嘴里，"多吃一点哦。"

"嘿嘿。"我甜甜笑着，今天的小笼包真是我吃到的最好吃的小笼包了。

吃完早餐，我的手机又响起了系统提示音。

我拿起来一看，是恋爱攻略游戏发给我的，我看了一眼轩逸欣，笑着问："这个游戏还在继续啊。"

轩逸欣扬着眉毛点头："你看看嘛。"

"亲爱的玩家，您已经胜利了一大步哦，请以结婚为前提跟轩逸欣交往吧！"恋爱攻略发来这样一条消息。

我皱着眉故意板着脸看轩逸欣问："什么叫胜利了一大步啊，不是恋爱攻略吗？都在一起了还不是胜利者吗？"

轩逸欣慢条斯理地笑着说："这个游戏的终极目标是结婚，"他眨着无辜的大眼睛反问，"难道不是吗？你不想跟我结婚吗？"

"你……"我脸顿时红了起来，说什么都感觉不对，干脆背转身不理他了。

"小雅，我是真心地追求你，真心地想和你在一起一辈子。我希望这个游戏不仅是游戏，也是我们两个人甜蜜的记录。"轩逸欣轻轻抱住了我。

我依偎在他的怀里，心里一片柔软。从什么时候开始，竟就这样喜欢他了？我低声说："我当然希望我们两个在一起一辈子啦。"

我的生活完全变了个模样，好像突然充满了阳光，我每天都是那么幸福和开心，每天都是那样的甜蜜。连洛隐见到我的时候都吓了一跳，他说认识我这么久，第一次见到这么光彩照人的我。太爷爷也知道了我和轩逸欣在一起的事，他没有表示反对，但还是让我谨慎一些，毕竟恋爱是两个人的事，结婚是两个家庭的事。而且我和轩逸欣目前的年龄还太小，谈结婚有些急了。

我知道太爷爷心里是很喜欢轩逸欣的，在澳洲的时候他就很喜欢轩逸欣了。只是轩逸欣的家人呢？也会像太爷爷喜欢他一样喜欢我吗？我从来没想过结婚的事情，突然被太爷爷这么一提，我又凭空生出一丝恐惧。现在这样的幸福，不会遇到什么阻碍吧，转瞬间又想到我的父母，还有那简直如魔咒一般的家族历史……我的情绪突然低落下来。

"小雅啊小雅，你在杞人忧天个什么啊，轩逸欣那么爱你，一定不会辜负你，不管发生了什么，他都会保护我的。"我将手放在心口，那里挂着轩逸欣送我的心形吊坠，我摸着吊坠就仿佛抱着轩逸欣，顿时就拥有了安全感。

我和轩逸欣的日常生活在洛隐眼里就是吃吃喝喝加虐狗，和轩逸欣在一起我似乎不用带脑子，他什么都会给我安排好，上学的时候笔记作业他都会备两份给我一份，放学之后他就带我到处吃东西，还陪我玩游戏，当然也会严厉地监督我在考前冲刺。日子流水一样过去，我越来越依赖轩逸欣。

转眼就到了暑假，我看着还不错的成绩，在家规划着暑假生活，跟轩逸欣去哪里旅游好呢？是去法国看铁塔？还是荷兰看风车？澳洲是一定要回去的地方，毕竟很久没有见到太爷爷了，最后还要留点时间回去看干爸干妈，我想轩逸欣一定会同意我的安排的。

（二）

我抱着笔记本做着假期规划，不知不觉都已经到晚上了，这才突然发现今天一天轩逸欣都没有消息呢，这种情况还真是不多见。我拿起手机犹豫着要不要给他发信息，这时候手机突然响了，我眼睛一亮笑眯眯打开，不是轩逸欣的消息，居然是恋爱攻略游戏发给我的系统消息，难道是轩逸欣要给我什么特别惊喜吗？

"系统提示，轩逸欣在酒吧喝醉酒，有失身危险，亲赶快去拯救他。"恋爱攻略游戏的系统提示就是这么一句话，在那句话后面附带上了酒吧地址。

我有点懵，轩逸欣会去酒吧喝酒吗？认识他这么久，都没见过他去酒吧那种地方，也几乎没见过他喝酒，是系统出问题了吗？还是轩逸欣故意这么做的？

我给轩逸欣打电话，他的手机一直显示无人接听。我有点着急，又有点气愤，如果这是轩逸欣的玩笑也太过分了吧，不知道我会担心他的吗？如果是真的，那他也不会无缘无故去酒吧喝酒啊！

我来不及多想，随便披了件外套就打车朝着酒吧赶去，那酒吧在一个很僻静的地方，我下车的时候看着黑漆漆的四周，心里有点打鼓。可是都走到门口了，这个时候不能就这么走掉吧，如果打给洛隐，我又怕引起其他的纷争，咬了咬牙还是向着那间小酒吧走过去。

推开厚重的木门，酒吧里倒不是我想象中的灯红酒绿和一派喧嚣的模样，而是安安静静一个人都没有，白炽灯将室内照耀得如白昼一般，原木色的桌椅三三两两摆放着，看环境是个挺简约大气的地方。

"有没有人啊？"当我站在门口叫喊时，就听见"吱呀"一声，门开了。从吧台后面走出来一个五十来岁的女人，虽然年纪大但是打扮却很让人惊艳。她穿着一身黑色绣牡丹花的长旗袍，粗跟的绒布高跟鞋，头发用一根翠玉簪子盘在脑后，脸上画着精致的妆，有一种无声的气场在她的周边流淌。我竟无端就感受到了压迫感，仿佛眼前站着的是上个

第十章

我的妻子只能是你！只会是你！

世纪纵横上海滩的名流贵妇。

"您好。"我乖巧地走过去喊了一声，心里想着她应该是这间酒吧的老板吧，"请问现在开始营业了吗？之前有没有一个和我年纪差不多大的男孩子在这喝酒？"我礼貌地问。

"这里今天就只有我一个人，你就是安诗雅吧。"她慢悠悠向我走过来，眼睛里有着犀利的光。

我惊讶地看着她，心里有点毛毛的："您怎么知道我的名字？"

"是我叫你来的，我是轩逸欣的妈妈。"她走到靠近我的一张桌子旁坐下，然后抬起眼睛打量着我。

"您是轩逸欣的妈妈！阿姨您好，您真是太漂亮了。"我愣了一下，很快就笑眯眯走过去，我在她身边站住，微笑着问，"阿姨，您找我有什么事吗？"

轩妈妈皱了皱眉，嘴角似乎含着一缕极轻蔑的微笑，她的眼神突然很严厉，让我浑身都不自在起来，难道……只是故意给我个下马威看？

"小欣的事，我向来给他很大的自主权，可是婚姻不是儿戏，尤其是我们家族，绝对不可能随随便便说娶谁就娶谁。安小姐，你懂我的意思吗？"轩妈妈端坐在椅子上，两只手臂交叠放在桌上，她微微抬头看着我，嘴角挂着一抹难言的笑意。

我不由自主握紧了拳头，她的话太刺耳，我窘迫地站着，一时竟然不知道该说什么。不能激动，我告诉自己，我要冷静，她是轩逸欣的妈妈，我不能不礼貌。

我深深呼吸几次才终于平静下来，我保持着得体的笑容再次开口："阿姨，您是轩逸欣的妈妈，我绝对尊重您。我当然也很反对一意孤行不理会父母意见的行为。但是，我觉得每个人都是独立的个体，在恋爱这方面，喜欢谁是没办法改变的，一辈子的婚姻也必须是两个人同心协力走下去。现在是新时代，门当户对这种事我实在没办法完全认同，而且，我的家族也不是普通家庭。"我尽量用一种温和有礼的方法来表达自己的不满。

轩妈妈听完我的话，只是低头轻笑："我知道安小姐的家庭，似乎从上上一辈开始，婚姻就没有从一而终过的吧？安小姐的家族当然不是泛泛之辈，只是我们轩家，可并不是普通的富贵人家，小欣可是伯爵的继承人，他的妻子可是伯爵夫人。"

我的脸涨得通红，心跳得飞快，我咬着嘴唇声音颤抖地说："阿姨，我不会去评判自己的长辈们，我相信每个人都有权利选择自己想要的人生，我也许不认同，但绝对会尊重。轩逸欣如果觉得我配不上他，也不会选择和我在一起。阿姨，我尊重您，我也希望您尊重我，尊重您儿子的选择。"

"安小姐，我要是不尊重你就不会亲自来这里见你了，你和小欣不合适，我们家族对儿媳妇的要求可是很高的，安小姐你条件当然不差，还是另外找一个配得上你的吧！我来这里，立场已经很明确了，我代表的也是轩家的意思，你和小欣分手吧。"轩妈妈举手投足间都很优雅，可是我却觉得心寒，觉得虚伪。

"阿姨，您有什么资格叫我和轩逸欣分手？"我冷笑一声反问，"恋爱或者结婚都是我们两个人的事情，现在都什么时代了，还得听父母之命媒妁之言吗？"

"我为什么要听您的？轩逸欣又为什么要听您的？您把自己当成慈禧太后了吗？就算是慈禧，光绪悲惨的人生还不够证明吗？"

轩妈妈脸色一变，猛地站起来，表情严肃地瞪着我说："好个没家教的丫头，居然说我是慈禧太后，现代就不讲究门第了？笑话！你长相一般、条件一般，轩家可不会要这样的人。"

"您也是女人，为什么要说这样的话，我真不敢相信这种时代还有这么封建的思想，这么封建的家族！我相信轩逸欣为了我，会宁愿抛弃什么伯爵的位子，权利富贵难道比自由比爱情更重要？"我气愤地说。

轩妈妈明显被我气到了，她描绘精致的脸更加惨白，那张脸上的表情也不再是淡定和轻蔑，她重重一拍桌子："你有本事，就尽管试试，我活着一天，就绝对不会答应你和小欣在一起。"

"你……如果轩逸欣真那么听话，分手就分手，我也不会在乎一个没自己主见的人！"我激动地直视着轩妈妈说。

轩妈妈嘴角泛着嘲讽的笑："你想以一个人的力量让小欣对抗我、对抗家族？你要真有那个本事才行，你给我出去，我不要再见你。"她伸手指向了门口。

"是您叫我来的，现在您叫我出去就出去，你把你当成什么了？"
我故意在一张椅子上坐下来，"阿姨，你背着轩逸欣来见我，他知道了
肯定很生气，你就不怕因为我失去一个儿子吗？"我知道此时此刻，轩
逸欣是我最大的武器。

"你、你还想挑拨我们母子的关系？"轩妈妈的声音尖锐起来，
"真是做梦，小欣最孝顺了，才不会为了一个女孩子跟家里人赌气。"

"做梦不做梦的谁知道呢？阿姨，孝顺是一回事，愚孝是另一回
事，轩逸欣那么优秀那么聪明，我相信他分得清。"我就还不信了，轩
逸欣会因为这些跟我分手。

"不被祝福的婚姻会幸福吗？你的家人会让你嫁给一个不接受你的
家庭？你有没有想过以后该怎么办？轩逸欣如果为了你和家里闹翻，那
他将一无所有，这就是你死死抓住他的结果吗？"

我一时语塞，如果轩逸欣真的为了我脱离他的家族……再想想面前
的女人，我未来的婆婆，我几乎想到自己的未来就是一部超长的狗血伦
理剧啊！我摇了摇头，起身说："阿姨，今天这次见面实在没必要，我
也不跟您在这耗时间了，我走了，有什么事您亲自去跟轩逸欣说吧。"
我说完就跑了出去。

酒吧里的空气也太憋闷了，我一直跑一直跑，也不知道跑了多久，
停下来的时候我才发现自己已经泪流满面。

第十章
我的妻子只能是你！只会是你！

（三）

我安诗雅什么时候变得这么脆弱了？我用力擦了擦眼泪，然后快速回家整理行李，我今天算是把轩逸欣妈妈彻底得罪了，也知道了轩逸欣的家庭是坚决不会接受我的，轩逸欣会为了我跟家庭对抗吗？身为伯爵之后，他可是未来的伯爵啊，我有信心做那个伯爵夫人吗？

我这才发现自己其实也没什么信心，我和轩逸欣虽然是以结婚为目的交往，但我真的没想到轩逸欣的家庭会那么复杂。

我到家的时候手机不停地响，轩逸欣一直在给我打电话，我一个个按断。我实在不知道怎么面对他，他知道他的家庭对我的态度吗？他知道我得罪了他妈妈吗？他会不会怪我今天太冲动呢？

可是今天那种环境，即使我一味退让又有什么意义呢？只会让他妈妈更加看不起我，以为我是好欺负的。我真的很想知道，轩逸欣会选我还是他妈，这应该是世上最难的选题。对不起了，轩逸欣，你必须选一个，可是在你选之前，我不想见你，我将轩逸欣的电话拉黑，然后躺在床上放空了自己。

我该怎么办呢？我闭上眼睛思考着，还是离开一段时间吧！对，假期旅行，我就先开始一个人的旅行吧！我迅速打开笔记本定了明天下午的机票。不，我还不能一个人走，猴宝，我要带着猴宝一起走！

一晚上就在混乱的思绪中过去了，我也不知道自己有没有睡着，第二天天一亮我就出门跑去了学校，猴宝看到我的时候很兴奋，一直围着我转。

我抱着猴宝，眼泪又掉了下来："猴宝，还是你好。"

"猴宝和你玩习惯了，见不到你都不开心了。"孙叔看着我和猴宝笑着说。

"孙叔，我想带猴宝出去玩几天，可不可以呀？"我抱着猴宝舍不得放手。

孙叔无奈地笑了笑："可以，你舍不得猴宝，猴宝也舍不得你啊。这几天它连饭都吃得少了，见到你来才开心一点，你带它去呗，就是要注意安全。"

"放心吧孙叔，我一定会把猴宝照顾得好好的！"我摸着猴宝的脸说，"小猴宝，姐姐带你去旅行啦，开心吗？我们一起去很多漂亮的地方好不好？"至于轩逸欣……

"小欣呢，怎么就你一个人？"孙叔好奇地问。

"就我和猴宝两个啊，不带他玩。"我不想讲太多，就轻描淡写说了几句，然后抱着猴宝回家了。

猴宝对我家很有感情，一进家门已经开始上蹿下跳了。我抱着猴宝拿着行李，离开家门的时候，有一种亡命天涯的感觉。

轩逸欣会为了我跟他的家族对抗吗？我心里有太多忐忑和未知，猴宝一直乖乖地待在我的怀里，时不时舔一舔我的手心，我抱紧了猴宝。

我的妻子只能是你！只会是你！

"猴宝，我们就去好好玩一场，其他的烦心事回来再说吧。"我低沉地说，"等我回来的时候，轩逸欣应该已经做好选择了吧。"我将头埋在猴宝的毛毛里。

今天路上罕见没有堵车，一个多小时我和猴宝就来到了机场。我一手抱着猴宝，一手拖着箱子，看着空荡荡的机场大厅，心里竟然无端生出一丝惆怅和伤感。

我走进机场大厅兑换了机票，然后坐在候机室里静默地等待，手机被调成了静音。轩逸欣的电话和短信一个接一个冒出来，我的手指滑过屏幕统统按了关闭。

看了看时间，就快要登机了。我的第一站是法国巴黎，浪漫之都，我脑子里被琳琅满目的法国美食填满，我努力想着美好的东西让自己情绪好起来。

"亲爱的乘客，请注意，由于一些特殊原因，今天的所有航班都不能带宠物，请带宠物的乘客选择改签或者安置好自己的宠物。"

机场大厅响起了一则通知，我呆呆看着猴宝，猴宝眨巴着眼睛呆呆看着我。

不让带宠物？那猴宝怎么办？我摸了摸额头，现在把猴宝送回学校吗？那飞机肯定坐不成了，难道我好不容易鼓起勇气选定的计划就这样搁置了？

我抱着猴宝尴尬地站在大厅中，就在此时，一种异样的感觉在我心中升起。

会不会这么巧，我的飞机就不能带宠物了？我咬了咬嘴唇，心里竟然有一丝隐隐的期待。

"小雅，你果然在这里！"轩逸欣急躁的声音在我身后响起来。

我转身就看到朝我奔来的轩逸欣，他脸色通红，双眼都是愤怒，看到我的时候伸出手指着我，似乎下一刻就要破口大骂。

我委屈地抱着猴宝，眼睛瞬间就红了，然后低下头看着地面，眼泪一点点渗出眼眶。

"小雅，你让我把你怎么办！"轩逸欣一下子抱住我，语气里有无奈有自责有心疼，"对不起。"

我猛地推开轩逸欣，后退几步，望着他问："你怎么会来这里？你怎么知道我在这里？你见过你妈妈了吗？"

轩逸欣叹了一口气，他撩了撩满头被风吹乱的发，不满地说："你就那么不相信我？见完我妈就跑了？幸好我猜到你会去找猴宝，问了孙叔才知道你想逃跑。安诗雅，我就让你那么没信心吗？你为什么遇到困难就想着跑呢？以前是，现在也是，安诗雅，你就算跑到天涯海角，我也一定会把你找回来，因为你就是我此生唯一的新娘！"

我咬着嘴唇，听着他表白的话，心一下一下跳得厉害，我浅笑说："真的吗？我有那么重要吗？"

轩逸欣摇了摇头，自嘲地笑了笑："谁让我爱上了你呢，谁让我爱你爱得发疯呢？"

"你怎么这么……老土，偶像剧……"我忍不住笑出来，现在真有一种拍偶像剧的感觉啊。

"傻瓜。"轩逸欣走过来抱住我。

我依偎在他的怀里，猴宝从我的怀里挤了出来，坐在一旁摸着头看着我们两个人，我和轩逸欣看着猴宝的模样，又都忍不住笑了起来。

"你妈妈那边……"回家的路上，我有些心虚地问，毕竟我得罪了轩妈妈，轩妈妈肯定添油加醋又说了很多话吧。

轩逸欣摸了摸我的头，语气温柔淡定："放心好了，她不会怎么样了，反正我的态度很明确，我的新娘只会是你，只能是你。"

我的心里一片清甜，低下头笑起来，世界似乎又美好了，所有的担忧都烟消云散。

"你可不许再一声不响就跑了，不然有你好看！"轩逸欣摸我头的动作变成了打，他重重拍了下我的头，"你啊你，要我怎么办。"

"谁叫你那么优秀，有那么多女孩子喜欢，让我那么没安全感。"我吐了吐舌头，故意用抱怨的语气说。

轩逸欣将我搂在怀里，声音里全是笑意："知道我这么优秀，可要好好对我，不然我跑了你就再也找不到比我更棒的了。"

"你还敢跑啊？"我推开他，气势汹汹叉腰怒视，"你敢跑我就把你大卸八块！"

"你这么凶，谋杀亲夫啊！"轩逸欣夸张地笑。

"什么亲夫啊，不理你。"

我扭过头只跟猴宝玩，车窗玻璃上映着我红如桃花的脸，我低下头，甜甜笑了。

（四）

轩逸欣似乎怕我又跑了，亲自把我送上楼，看着我洗漱好上床睡觉，才安心地帮我关上灯锁好门回家。

我抱着猴宝躺在床上，其实兴奋得了无睡意，索性爬起来抱着笔记本继续在游戏上奋战，我亲爱的队友们可是十分思念我呢！

我在游戏里大杀四方了几轮之后，终于有点困意，于是心满意足地关上电脑准备睡觉，这时手机突然响了，我朦朦胧胧接起来。

"喂，快给我开门！"是轩若风急促低沉的声音。

"啊？若风？"我一脸茫然地问，实在不想离开我的被窝，我好不容易才有了困意，"这么晚了，明天再说吧。"

"哎呀，明天就晚了，快给我开门！我就在你门口！"轩若风的声音很急，门外也果然响起了轻轻的敲门声。

我无奈地爬下床给他开门，轩若风一下子窜进来，将行李箱往地上一放，就坐在沙发上抬起头看着我。

我揉了揉头发，看着他的行李箱，再看看他，打了个哈欠说："你

我的妻子只能是你！只会是你！

不是离家出走吧？求我收留你几天？"

"不是！"轩若风摇了摇头，一双眼睛精光四射，嘴角勾起好看的弧度。

"你想干吗？"看到轩若风这种表情，我有点毛毛的，总觉得他有一肚子坏水似的。

"小雅，想不想玩一点刺激的事情？"轩若风托着腮蛊惑地问。

"你想干吗，我可是你哥哥的女朋友！"我裹紧衣服后退几步，警觉地看着他。

轩若风白了我一眼："你想什么呢，我知道大伯母找过你，大伯父大伯母不希望你进轩家的，毕竟我哥是继承爵位的人嘛。"

"那又怎么样，轩逸欣已经做出选择了，他肯定会选我。"我充满自信地说。

"我哥的脾气我最清楚的，不把他逼到份上，他是不会真选择的，只会妥协周旋。趁着现在是晚上他不会来找你，我们直接飞去国外，玩个几天再回来，我保管我哥对你言听计从。"轩逸欣指着行李袋，从口袋里掏出机票，"我飞机票都订好了，车就停在楼下。"

"这样不好吧，而且我答应过他不乱跑的。"我摇摇手拒绝，"你还是找别人去吧。"

"你别这样胆小好不好，我知道你想去法国巴黎，今天你不是差点就走了吗？就当是一次单身旅行呗！反正这种情况，以后你是很难自己一个人出去了，更不可能跟我一起出去玩了！我哥控制欲很强的，以后玩什么、去哪里你可得全听他的了，你就没有自己的自由空间了。"轩若风跷着二郎腿，抱着胸看着我说。

听了他的话，我的心里开始动摇，但还是摇了摇头，说："可是轩逸欣会担心我的。"

"你不觉得好玩吗？我就喜欢看我哥担心的样子。你以前不是这样的，怎么才谈恋爱就变了，这么玩多刺激啊！而且我保证，以我哥的个性，不出三天就会追过去了，到时候我就功成身退，留给你们二人世界好不好？"轩若风继续口若悬河地说着。

我低头想了一下，这样的确很好玩。既可以去我想去的地方，又可以让轩逸欣更紧张我，而且在这里难免会再次遇到他妈妈，去了国外，至少这段时间可以毫无顾虑跟他一起玩。嗯，还是不错的。

"好吧，我就陪你去玩一玩，我去收拾行李。"我进屋简单收拾了下行李。

"猴宝就别带了，不方便，我们留个字条给我哥，就拜托猴宝给他吧。"轩若风拿出写了一张字条卷起来，戴在猴宝的脖子上，"你放心，我安排好人了，猴宝明天一早就会送去给我哥。给我天大的胆子，也不敢骗未来嫂子你啊。"

"好吧，就照你说的做吧。"我无奈地笑了笑，拿着行李箱，有一种上了贼船的感觉。

第十章
我的妻子只能是你！只会是你！

凌晨的夜色有种说不清的清冷感，机场大厅更是没几个人，我和轩若风很快就登上飞机。

看着黑茫茫的夜色，我心中有些忐忑，又有些兴奋。我亲爱的轩逸欣，我会等着你来找我的！

等飞机飞到巴黎的时候正好是清晨，我心情很好地下了飞机。

呼吸着清新的空气，看着高大的法国梧桐，我张开双臂，整个人都兴奋起来。

"我们先去吃东西吧！"轩若风也很兴奋，他帮我拿着行李，慢慢说着接下来的安排。

"对了，你给你哥留的什么字条啊？"我突然想起来这茬，看着他问道。

轩若风又贼贼笑起来："没什么，就说我和你去进行单身旅行了，让他自己去出国留学实现自己的誓言呗。"

"出国留学，哈哈，你居然还记得这事。"我大笑起来，上一次跟轩逸欣争吵就是因为出国留学的事情，最后轩逸欣气愤说他去留学，害我伤心了好久。

"我们就好好玩一场，别老想我哥的事情啦。"轩若风拖着我去旅馆放下行李。我很久没来巴黎了，也就放下了那些烦心事，放松自己的心情，好好玩一场。

就是不知道轩逸欣知道我和轩若风出来玩的时候，是什么表情，我在脑海里幻想了一下他生气跳脚的模样，心中竟然忍不住笑了起来。

我的手机突然响了起来，不用看就知道是轩逸欣，我挂上之后只回了自己在巴黎玩得很开心的短信，然后就关上了手机。

"小雅，小心走散了。"轩若风突然握住我的手。

我抬起头看着轩若风一张阳光明媚般的脸，也露出一个似笑非笑的表情。

尾声

她是我的新娘

（一）

　　轩若风对我真是非常照顾，给我拍照、带我吃甜点，还会心血来潮亲自去拜托师傅，让他在蛋糕上挤一个爱心图形送给我。这种感觉嘛，好像在追我似的。

　　轩若风走在路上不时有漂亮的法国姑娘跟他搭讪，他每次都拉着我出来挡枪，我渐渐就感觉出不对了，可是轩若风怎么会喜欢我呢？

　　"小雅，我亲自准备了一顿晚餐，你可要给面子全吃完哦。"轩若风在饭店里忙来忙去，一副跟老板很熟的样子。

　　我坐在小包间里，好整以暇地等着轩若风回来。突然包间的灯全部暗了下来，我正准备出去找人时，门开了，一辆摆满蜡烛的小推车被一身白衣的轩若风推了进来。

　　借着蜡烛的光，我看清轩若风穿着一整套的白色西装，还带着一个蝴蝶结领带，头发也梳得一丝不苟，整个人在俊朗中更增添了一种成熟的气度。

"小雅，今天的一切都是我为你准备的。"轩若风笑得很温柔，他将长蜡烛摆在桌子上，然后将心形牛排摆在我的面前，"七分熟的日本和牛，要不要尝尝看？"

我低头看了看心形牛排、心形的黑胡椒、心形的红萝卜，不由皱了皱眉："你想干吗？"

"这都是我的心意啊！小雅，我刚认识你的时候就喜欢你了，可是我一直都不敢表白，小雅……"轩若风的声音低下去，烛火明灭间他的脸挂着伤感的表情。

"停停停……"我猛然站起来，推开包间的门跑出去。

"小雅、小雅！"轩若风紧跟在我的后面。

"若风，你是故意带我来这里的吧？"我跑到湖边，停下来，转身看着他问。

轩若风点了点头，表情很是倔强，他认真地说："我想努力一次，不然就没机会了。"

"你真是个孩子，其实你根本不喜欢我，你是故意的，是想让我喜欢上你，对不对？你那天深夜跑来我家我就很怀疑了，但我把你当成朋友就相信了你的理由。你知道我想去巴黎，还带我去我想去的地方，吃我喜欢的甜点，送我心形的东西，我再傻也知道你的用心了。我们认识的时候，我和轩逸欣关系也是普普通通，那时候你对我可没什么特别表示。你喜欢的女孩子是那种长发飘飘的，拥有大长腿的，什么时候我符合你的审美了？"

"小雅，我……"轩若风被我问得说不出话来。

"我想啊想，也就只有一个原因，你是想捉弄轩逸欣吧？你想证明你比他厉害。若风，你为什么要这么做？"我不解地看着他，他和轩逸欣的关系明明那么好的。

轩若风笑了笑，不顾形象地席地而坐："小雅，你怎么越来越聪明了，离开我哥之后你倒是变得格外精明了。其实我只是不服气啊！我哥他要什么有什么，唯一的弱点就是你。所以我很矛盾，既希望你们在一起，又不希望你们在一起。你是我哥的软肋，所以我想试试看，而且，我条件真的很好啊，你就真的没动过心？"轩若风歪着头看我，眨了一下眼睛。

"你条件很好，我很喜欢你，但是是朋友的那种喜欢，没其他的。若风，你说我是你哥的软肋，你哥又何尝不是我的软肋。"我在他身边坐下，仰着头看天上明亮的繁星，"自从遇到他，我才觉得我的人生才完满。"

"小雅，我明白了……"轩若风静静地没有再说话，我们看了一整晚的星星。

第二天，我睡意正浓的时候，就听到门被砸得砰砰响，我爬起来抱怨连连地去开门。开门之后我就愣住了，是满脸怒火的轩逸欣，他整个人都很不好的样子，衣服都脏了，脸上挂着大大的黑眼圈。看到我的时候又努力压抑着怒火："轩若风那个臭小子呢？"

"啊，他在隔壁……"我又惊讶又心虚又担心，伸手指了指旁边，然后拉着他的衣服说，"逸欣，事情不是你想的那样啦。"

"你放开我，这是男人之间的事情！"轩逸欣一把推开我，转而去敲轩若风的房门。

"哥哥，你这么快就……"轩若风话还没说完，就被轩逸欣推进了房间内，然后门砰的一声被关上，将我关在了门外。

"轩逸欣，你开门，你别冲动啊！"我着急地敲着门。

"这是男人的事，你回房间！"轩逸欣的声音透着浓浓的火药味。

"小雅，你回房间吧，这是我和我哥的事情。"轩若风的声音透过房门传出来。

我只能无奈地回来房间等消息，一直到下午，我才听到房间的敲门声。我立刻跑过去，就一脸惊讶地看着笑眯眯的轩逸欣和轩若风。

轩逸欣已经梳洗过了，虽然黑眼圈还是很明显，整个人却干净清爽了很多。他穿着轩若风的休闲服，整个人也显得更加小了，轩若风笑嘻嘻地跟在他的后面，一脸讨好地看着我。

"你们两个……"我惊讶地瞪着他们两个，还以为轩逸欣会狠狠打轩若风一顿呢，这样看来，似乎风平浪静得很啊。

"嫂子，我愿赌服输，我哥他一招就KO了我，我以后绝对不敢再对你怎么样了。"轩若风笑眯眯地说。

"什么嫂子，喊我小雅。"我一听嫂子脸就红了。

"本来就是嫂子，我们回去就订婚。"轩逸欣牵住我的手，将我抱在怀里，"你总是这么不听话，我不快点把你娶回来怎么放心。"

"讨厌……"我娇嗔一声，脸上却是满满的幸福感。

（二）

我和轩逸欣愉快地玩了一个月才回国，而被KO出局的轩若风，则乖乖一个人提前回国准备出国留学的事情了。

"你为什么一定要让轩若风留学呢？"我忍不住好奇地问轩逸欣。

"他的性格本来就不适合国内，而且谁叫他拿我上次赌气说要去留学的话来气我。"轩逸欣一本正经地说，然后拉住我的手，笑眯眯地说，"有他这个电灯泡在有什么意思，来让我亲一下。"

"讨厌啦！"我轻轻挡了一下，还是被轩逸欣抱在怀里亲了一口。

受到冷落的猴宝一下次蹿过来照着轩逸欣的头就打了一下，我笑着抱住猴宝："哈哈，猴宝是吃醋了吗？"

"猴宝比我重要吗？"轩逸欣捂着头哀号，然后满脸怨念地看着我抱着猴宝。

"不行，我要给猴宝找个母猴子！"轩逸欣手握拳愤愤地说。

我以为轩逸欣只是说说而已，哪知道第二天，他果然带了三只小母猴子来找猴宝。然而猴宝却没什么兴致，只是看了看，仍旧腻歪在我的怀里。

轩逸欣各种挑逗猴宝，猴宝都不理，我看着轩逸欣奋力让猴宝跟某个母猴子玩的模样，就忍不住捧腹大笑。

轩逸欣一脸抓狂地冲着猴宝喊："它们三个全给你都可以，放开我的小雅！"

"叮咚！"门铃突然响了，我正笑得肚子疼，听到门铃响起，开门之后，我惊讶大喊："太爷爷！"

太爷爷穿着一身中山装，拿着一根龙头拐杖站在门口，笑呵呵抱了抱我："乖乖，太爷爷想你了，来看看你。"

"逸欣，太爷爷来啦！"我冲着屋里喊，然后小心翼翼地把太爷爷搀扶进屋里。

轩逸欣立刻将猴宝和母猴子们赶进一个屋子里关上门，然后一边收拾着满屋狼藉，一边抱歉地笑着说："太爷爷来怎么不提前说一声，我和小雅去接您啊。"

"别忙活了，我还有事，晚点还要去别的地方。小雅啊，太爷爷这次来，可是有好消息要告诉你。太爷爷的好朋友有个外孙，跟你差不多大，长得高大帅气，是个打篮球的。太爷爷想着跟你正合适，什么时候带你们两个见见面啊？"

我笑着笑着脸就僵了，然后偷偷去看轩逸欣，轩逸欣的笑容也凝固了一般。

"太爷爷，小雅不会跟您去的，她是我的女朋友，是我要娶的妻子。"轩逸欣拉住我的手，态度很明确地说。

太爷爷气定神闲地看着我问："小雅的意思呢？"

"太爷爷，我这辈子非轩逸欣不嫁了。"我说完，脸红起来，害羞得不敢抬头。

"太爷爷，我这辈子也非安诗雅不娶，我们全家人都很喜欢小雅，她是我的新娘！"轩逸欣大声说。

"好好，儿孙自有儿孙福，太爷爷只要小雅幸福就好。轩逸欣，你们家要是敢亏待小雅，我可告诉你啊，有你们的苦头吃。"太爷爷慈祥地摸了摸我的手，"小雅，太爷爷绝对尊重你。"

"谢谢太爷爷。"我感动地说。

太爷爷这次回国，除了见我，还要处理一些国内公司的事务，所以待了一会儿就被洛隐带走了。

我看着轩逸欣，大笑问："你可听到了，不许对我不好。"

"我哪敢对你不好啊！"轩逸欣做出一副求饶的模样。

（三）

这时门铃又响了，我和轩逸欣对视一眼，难道是太爷爷又回来了？我跑过去开门，这次来的居然是轩妈妈，她今天穿的是一身月白长旗袍，脸上的妆容很淡，头发还是用一根银簪子盘起来，整个人的气场比上次温柔了很多。然而我心有抵触，还是觉得忐忑，只是维持着笑容喊了声阿姨。

"妈，你怎么来了？"轩逸欣也很意外，他将轩妈妈让进屋里，然后握住我的手，态度很明确地说，"我是不会跟小雅分开的。"

"你这孩子，我是来找小雅的，跟你有什么关系。"轩妈妈嗔怪地看着轩逸欣说，然后向着我招手说道，"小雅，你过来，阿姨有东西要送你。"

我愣了一下，以为轩妈妈还要继续找茬，只得低头谨慎走过去。

"小雅啊，这戒指是我婆婆给我的，现在我把它送给你了。"轩妈妈拿起我的手摸了摸，然后将一枚蓝宝石戒指戴在我的手上。

我惊讶地看着戒指，再看着轩妈妈，差点都不会说话了："阿姨……这是？"

"这是代表认可的传承戒，妈妈，你接受小雅了？"轩逸欣很开心地走过来，握住我的手。

"傻孩子，妈妈难道真会为难小雅吗？妈妈知道你爱小雅，从三年前，妈妈还不知道小雅是谁的时候，你就说要娶她了，妈妈怎么会反对呢？之前只是故意试探小雅。小雅，你做得很好，我的儿子我知道，就该你这样的治治他。"轩妈妈笑得很温柔，温柔中还带有一点自得。

我摸着戒指，再抬头看向轩逸欣，害羞得不知道该说什么。

轩逸欣抱住了我，在我耳边说："戴了我家的戒指，可一定要给我家当媳妇了。"

我重重点头，和轩逸欣抱在一起。

番外

　　三年前，某网吧，激烈厮杀的战争游戏中，轩逸欣正满怀信心地杀敌抢宝物。可是不知道哪里来的一个陌生女性角色，瞬间就将他KO了，而且还把他想要的宝物抢得一个不剩！

　　"该死！"轩逸欣大骂一声，很没风度地摔了鼠标，他可是玩了整整一上午啊，就等着这个宝物呢！

　　游戏失败的他专盯着那个KO了他的女角色，女角色去哪里他就转去哪里。这才发现，这个叫雅女王的是真的很厉害，简直可以说是游戏团队里神一样的存在，不服输的轩逸欣立刻展开人肉搜索。

　　原来这个雅女王还是自己的同龄人啊！轩逸欣看着搜索得到的消息窃笑不已，并将打败她作为人生的游戏目标，之后就是不断地挑衅，再挑衅……的无限循环。在不停被KO的道路上，轩逸欣渐渐也被雅女王所吸引，她打游戏厉害，学习也很厉害，轩逸欣偷偷跟踪过她几次，就那么弄丢了自己的一颗心。

　　从什么时候开始，轩逸欣开始申请小号，跟着雅女王同队打游戏，再用大号跟雅女王对打，险些搞得自己精神分裂。他明白了自己的心意，决定追求雅女王。可是……雅女王这个游戏天才居然对恋爱很迟钝，而且屡次表示自己不要恋爱，对男生没兴趣。

这一切怎么能难倒聪明的轩逸欣呢，你爱游戏嘛，我就设计一款游戏，让你欲罢不能地主动追求我！嘿嘿，这一招就叫作请君入瓮！如果这招还不行，那就死缠烂打，我就不信我轩逸欣追不到你安诗雅！

轩逸欣为了坚定自己的决心，将安诗雅的名字写在了自己的族谱上。他知道自己这一辈子一定要娶到这个安诗雅，好好爱护她一辈子。

后来安诗雅问轩逸欣什么时候爱上自己的，轩逸欣一脸认真地说："被你打了无数次，还想继续被打的时候，我就知道我爱上你了。"

安诗雅一脸骄傲："谁让我那么厉害！"

"好的，你最厉害。"轩逸欣抱住安诗雅，在她的唇上印下一吻。

安诗雅闭上眼睛想，这辈子我也没想再打谁了，因为白马王子已经找到了。

爱至荼蘼，夏季微凉

AI ZHI TU MI，XIA JI WEI LIANG /

叶冰伦/作品

哪怕伤害了全世界，我也要得到你。
爱情不就是这样的吗？
——米茜

有人说，朋友是寒冬的暖阳，暗夜的光。
而对于我来说，朋友就是：夏镜。
——韩果

震撼人心的青春文字 刻骨铭心的青春时光

镜，可不可以有那么一次，
在我和陆以铭之间，你能选择我？
只要一次就好……
——季然

季然，你告诉我荼蘼花的花语是"末路的美"。
花，已经开到了荼蘼。
我们，能否不要说再见？
——夏镜

你说，陆以铭，我喜欢你。
你说，陆以铭，后会无期。
最初相爱的我们，最终，还是错过了。
我却还来不及说一句，我爱你，夏镜。
——陆以铭

纵然走到末路，也依然有爱相伴。
总好过你我还在，却形同陌路。

不**疯**，不**爱**，不**后悔**

花开缘起·花落缘灭

● 唐家小主

——世上最让人参不透的字是"悟"，最让人逃不开的是"情"。

· 玉容寂寞泪阑干，梨花一枝春带雨

· 砌下落梅如雪乱，拂了一身还满

楚少秦：我不准你爱上其他人，你这辈子只能爱我一个人，你是我的。

梨秋雪：我恨他，可是我也爱着他。

——《梦回梨花落》

辩真儿：忘尘这一辈子，世人皆可见，唯不见红颜。

柳逸忆：辩真儿不是世人，我也没爱过世人。

——《眉间砂》

梦回当年，梨落成泥，江山永隔
红梅乱雪，琴弦挑断，岁月永殇

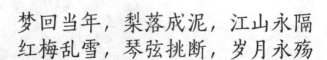

最 怕 爱 你 至 白 头 ， 此 生 不 得 终

这个季节，
美少女&音乐&王子&
完美饮品&大明星
通通在等你

这里通通都有!
你还在等什么? 一 起 来 看 看 吧!

NO.1 比肩SHN48的女团大作战

《轻樱团夏日奇缘》 松小果

内容简介:
梦想成为演员的邻家少女许轻樱稀里糊涂成了国内最受欢迎女团Pinkgirls的成员,还一不小心成了"门面担当",成为整团形象的代表!
喂喂喂,你们不要私自做决定好不好?
可是为什么从萌系队长彭芃到时尚圈小公主安琪都大力支持?
许轻樱有些头大,不得不求助青梅竹马的"学霸"徐晚乔来帮忙,结果他不仅帮她搞定了日常琐事,甚至还帮她们团队完成了打造专属电视节目的梦想,简直就是与她心有灵犀版的"哆啦A梦"!
就在她们即将成功的时候,同公司的"国民王子"杜墨却突然跳出来,不仅跟许轻樱拍广告上节目,甚至还跟她传出了桃色绯闻。
许轻樱被公司暂时雪藏,可是人气总决选也即将到来! 危机一触即发,轻樱的反击也必须开始……
进击吧,许轻樱!

NO.2 为梦想而战的古琴少女

《琴音少女梦乐诗》 茶茶

内容简介：
一声弦动，千年琴灵从天而降，平凡少女薛挽挽的命运开始发生翻天覆地的变化。
对音乐一窍不通的薛挽挽在琴灵的威逼之下加入器乐社，却发现器乐社的气氛异常尴尬。温柔社长和火爆小提琴手在社团里见面必大吵，各怀秘密；毒舌王子季子衿身份成谜，却总在关键时候出现，还会独自一人在湖边吹埙；混血少年看不起中国音乐，竟然还是钢琴天才……社团里到底还有多少秘密？
古琴进阶之路十分坎坷，想放弃的薛挽挽突然发现，谜一般的季子衿似乎和她死亡多年的父母有着千丝万缕的联系。十年前的事故，是意外还是阴谋？消失十年的千年古琴重现，所有的线索似乎已经串连到了一起……
我们所看到的，真的就是真相吗？

NO.3　大脑脱线的貌美王子
《我家王子美如画》　艾可乐

内容简介：
存在感微弱的"透明"少女苏苹果，
某天竟然从许愿樱花树下"挖"出了一名貌美如画的王子殿下！
哈哈，难道她从此撞上绝世大好运了吗？
不不，樱花王子只有颜值，智商严重"掉线"，"撩"妹不自知，送礼送心跳……
苹果都后悔答应帮他完成秘密任务了！
可狡猾如狐的路易王子，傲慢的贵族少女阿尼娜来势汹汹！
一名爱算计人心，一名对王子虎视眈眈，透明少女能勇敢逆袭，为她家的蠢萌王子抵挡住强敌吗？
奢华美色，暖心拥抱，满分微笑，浪漫甜吻——
让艾可乐带你玩转现代宫廷恋爱！

NO.4　神秘的独家饮品
《仙月屋果味不加糖》　巧乐歧

内容简介：
这里是仙月家，欢迎品尝特饮师的独家秘制饮品！
击败美少年的四季思慕雪，温暖又让人坚强的草莓阿法奇朵，比哥哥更让人安心的水果豆奶茶，还有充满爱和惊喜的欢乐彩虹，每一杯都有它们专属的故事。
校草东野寒热情无脑，天才南佑伦温柔似水，机灵少年西纪祀天使脸蛋恶魔心，冷酷冰山北间鸣苦恼别人看不出自己的表情，双面特饮师小仙莫名被拉入由他们组成的神秘事件调查队，只好隐藏身份，步步为营。
哥哥的下落不明，南佑伦的身世似乎有隐情，幕后黑手若隐若现，具小仙该如何在四大校草的包围中解开接踵而来的谜题？
真相永远只有一个，直击味蕾与心灵的甜蜜大战一触即发！

NO.5　清新治愈的超级大明星
《心跳薄荷之夏》　茶茶

内容简介：
长跑是慕小满的梦想，她失去了……
孤儿院是慕小满的充满回忆的地方，也快要消失了……
元气少女慕小满，为了获得拯救孤儿院的资金，忐忑地跟坏脾气的大明星时洛签下百万真人秀合约，却在接近时洛的过程中，在这个颜值爆表的大明星身上感受到被守护的感觉，慕小满慢慢沦陷。
可是，来自时洛的堂弟时澈莫名的追求和已经成为富家千金的昔日孤儿院好友的陷害，让慕小满和时洛的关系渐行渐远。而时洛背后，一个始料未及的来自最亲近的人的阴谋，正在慢慢浮现……